夏墨 著

浅斟低唱

大宋词人的柔情

江苏凤凰文艺出版社
JIANGSU PHOENIX LITERATURE AND ART PUBLISHING

图书在版编目（CIP）数据

浅斟低唱：大宋词人的柔情 / 夏墨著. --南京：江苏凤凰文艺出版社，2024.6

ISBN 978-7-5594-8592-2

Ⅰ.①浅… Ⅱ.①夏… Ⅲ.①散文集－中国－当代 Ⅳ.①I267

中国国家版本馆CIP数据核字（2024）第077413号

浅斟低唱：大宋词人的柔情

夏墨 著

责任编辑　王昕宁
策划编辑　小　米
特约编辑　连　慧
装帧设计　苏艾设计
责任印制　杨　丹
出版发行　江苏凤凰文艺出版社
　　　　　南京市中央路165号，邮编：210009
网　　址　http://www.jswenyi.com
印　　刷　天津鸿彬印刷有限公司
开　　本　880毫米×1230毫米　1/32
印　　张　8.5
字　　数　183千字
版　　次　2024年6月第1版
印　　次　2024年6月第1次印刷
书　　号　ISBN 978-7-5594-8592-2
定　　价　58.00元

北宋.赵佶.梅花绣眼图页绢本

那些在曲折命运里疾步如风的少年，
最终成了闪耀时代的星辰，
成了大宋王朝的经典标签。
而这中间，究竟发生了什么？

目录

李煜（937—978年），字重光。

千古词帝，薄命君王。

他才华横溢、善良敦厚，虽无心政事，却守护南唐十年。

他不是一位成功的帝王，但绝对是一个伟大的词人。

无论是在故国，还是在他乡，

他都在真切地体验着生活，

永远保持着他的赤子之心。

花阴玉兔图卷.传宋.刘永年.绘.纸本设色.台北故宫博物院藏（局部图一）

贰

走过的路和爱过的人

019

柳永（约987—约1053年），原名三变，字景庄，后改名为永。

他是大宋的金牌婉约写手，作品多年雄霸流行歌曲榜首。

他穿梭于风月之地，被主流社会贬低庸俗，又被百姓爱戴。

前半生未获取功名，五十岁公务员上岸，

世人都以为他离经叛道，却不知他简单赤诚，

起起伏伏中，他从未忘却少年初心。

叁

张先的文艺生活

033

张先（990—1078年），字子野。

多情风流才子，潇洒文艺青年。

“善戏谑，有风味。”

人生主要活动就是写词画画、喝酒交友、谈情说爱，风流八卦一箩筐。

你夸他是写“影”高手也好，骂他是“花心蝴蝶”也罢。

反正他只会过好自己的人生。

纵情恣意、令人羡慕的一生。

花阴玉兔图卷.传宋.刘永年.绘.纸本设色.台北故宫博物院藏(局部图二)

肆

名满天下的另一种打开方式 055

欧阳修(1007—1072年),字永叔。

自学成才的学霸,文坛改革带头人。

性格刚直,敢出头,不怕事,但也因此得罪了不少人。

无论是治国理政,还是诗词文章,他都做出了非凡的成绩。

无论是在中央,还是在地方,对别人还是对自己,

他都始终如一,高风亮节,心胸豁达,

是永不服输,用实力证明自己的朗朗少年。

伍

天选之子晏殊 077

晏殊（991—1055年），字同叔。

世人称他是太平宰相，北宋第一富贵闲人，

又羡慕忌妒他锦鲤附体，无灾无难到公卿。

有人说他圆滑保守，有人说他是国士无双，

但无论外人如何评价，他始终都坚持着自己做人做事的理念，

一生认真谨慎，诚实率真，清廉俭朴。

他是天选之子，更是一代词人。

宋词因为有他，才于婉转清丽处更添了风骨。

他是大宋历史上，最耿介又幸运的士子。

江行初雪图卷.五代南唐.赵幹绘.绢本设色.台北故宫博物院藏(局部图一)

陆

追忆似水年华

晏几道(1038—1110年),字叔原。

前半生纵享繁华,后半生遗世独立。

性格孤傲,最恶官场攀附,拒绝人毫不留情。

从风流公子,到落魄贵族,唯一不变的,只有他那颗纯真的少年心。

他用最美丽的词作,追忆自己的似水年华。

写尽了爱情相思,也写尽了痴人痴语。

他是大宋词坛上,最孤独的寒星。

柒

一生追光而行，有情、有义、有梦 123

秦观（1049—1100年），字太虚，后改字少游。

他少年时冠绝一方，选择追光而行，拜入苏轼门下。

人生几度风雨，历经坎坷挫磨，

在京城里挥洒热血，在贬谪路上深沉叹息，

在感情上跌跌撞撞，在笔墨里调制百味人生，

一世沉浮，也曾快意，也曾骄傲，也曾落寞……

江行初雪图卷.五代南唐.赵幹绘.绢本设色.台北故宫博物院藏（局部图二）

贺铸（1052—1125年），字方回，自号庆湖遗老。

曾经，他一身少年侠气，四溢难挡，行走五都，

结交天下英豪，追逐英雄梦想。

后来，人生换了曲调，他沉沦下僚，又转了文职。

他做了最后的挣扎，人生却日渐悲沉。

最终，他解开仕途的枷锁，在诗词的舞台上，燃尽烛火。

玖

这一路，有时也倦了 165

周邦彦，（1056—1121年），字美成，号清真居士。

他曾是意气风发的少年郎，饱读诗书，却离经叛道。

流连勾栏瓦肆，依红偎翠，写旖旎诗词。

他一赋成名，惊艳天子。

政治的风涛拍案，人生几度沉浮，他成了满身疲惫的“江南倦客”，

幸而，在艺术的世界，他的灵魂终于得以安稳地栖居。

宋.佚名.溪山春晓图（局部图一）

李清照（1084—1155年），号易安居士。

她曾是汴京城里无忧无虑的官家小姐，名满京师，引无数赞誉。

天赐良缘，她遇到情投意合的恋人，为了共同爱好而痴迷。

可命运的狂风刮过，国破、家亡、夫死、文物散佚。

即便美好渐渐流逝，她也能坚韧地在风中伫立，活出了自己风骨，

在历史的波涛里，留下一抹惊艳的痕迹。

壹拾壹

浪迹江湖的词人 207

姜夔（约1155—约1221年），字尧章，号白石道人。

年少时，他捧读诗书，心向庙堂，却屡试不第。

梦落后，他成了一片野云，孤独飘飞，辗转江湖，留下旖旎辞章。

幸而他遇到了贵人，得以短暂栖身，呼朋唤友，度过诗酒岁月，

得失之间，辗转切换，他又回归孤独，继续飘飞。

最后，他在生命终点栖落，在历史上留下自己的注脚。

宋.佚名.溪山春晓图（局部图二）

壹拾贰

吴文英（约1200—约1260年），字君特，号梦窗。

他漂泊天涯，游幕四方，以词为生。

漂泊的生活里，有诗意和潇洒，也有看不见的无奈。

他一生未参加科举考试，未能踏入仕途。

他差一点就成了南宋王朝中的匆匆过客。

好在，宋词的舞台上留下了他的足迹，也留存了他的心事。

南宋.李迪.红白芙蓉图

壹

一杯苦酒，一杯毒酒

南宋.夏圭（传）.临流抚琴图

一

南唐升元元年（937年）的七夕，一个无比浪漫的日子，南唐中主李璟喜获第六子。

对这个儿子，李璟有着难以掩盖的喜爱。他精挑细选，为儿子取了一个日月同辉的名字——“李煜”，别字重光。

“日以煜之昼，月以煜之夜”，真是好名字。

李璟紧紧抱住儿子，微笑地看着儿子那奇特的长相：骈齿[1]、重瞳[2]，这些只有圣人才会拥有的相貌，如今都集中在儿子的脸上。

“这孩子，以后必然会是了不得的人物啊！”李璟满意地想。

但与此同时，李璟也想到，他不是普通的父亲，他的儿子，也不是普通的孩童。在斗争残酷的皇宫深院内，一个天生异相却无自我保护能力的孩子，想要活下来，并不是一件容易的事。

一想到这孩子将来会面临的忌妒、诬陷，甚至是残害，李璟的后背一阵发凉。

[1] 指牙齿重叠，自古以来被视为是圣人之像，但其实就是一种较为整齐的龅牙。

[2] 又叫“对子眼”，指一个眼睛里面有两个瞳孔的特殊现象。在中国古代时，因为医学知识的匮乏和神灵崇拜，人们将拥有重瞳的人视为圣人，但实际上，这种眼睛的形成只是因为瞳孔发生了畸变粘连，从而由“O”形变为了“∞”形，虽然这种眼睛不会影响成像，但现代医学认为，这种眼睛是白内障早期的一种表现，也就是说，重瞳其实是一种先天残疾。

“煜儿，你放心，父皇一定会保护好你的！”李璟对怀里的儿子说道。

或许是听懂了父亲的话，小李煜眨眨眼睛，一脸天真地冲着父亲笑了。

二

小孩子是见风就长得很快，转眼小李煜的个头就要超过父亲了。

这是一个浑身上下都充满了艺术细胞的青年。

从小，李煜就喜欢写写画画，如今他的书法落笔瘦硬，遒劲有力，被誉为是“金错刀”，而画作更是清爽不凡。

不仅如此，他还十分擅长诗词音律，每次他创作的词曲一出，民间都会争相传唱。

唯一不足的是，李煜似乎对政事没有半点兴趣。

这怪不了他，本来他就是一个文艺青年，治国理政这种严肃又费脑子的事情，他实在没有精力去应付。

而且，就算他想要学习政事，他的兄长——太子李弘冀估计也不会答应。

名义上，他是父皇的第六子，可实际上呢？不知道什么缘故，总之二哥、三哥、四哥、五哥都陆续夭折了，唯有他，在父皇的精心照看下，没心没肺地活到了现在。

他虽然文艺，但是不傻。

父皇如今已经老了，大哥又是太子，对皇位虎视眈眈，而自己，便是他继位最大的威胁。

他这位大哥是什么人，李煜再清楚不过。

只要他表现得对皇位有一丝一毫的觊觎，他这位生性善妒、心胸狭窄的大哥，一定会千方百计趁父皇不注意的时候，把他李煜无声无息地做掉。

那他可太冤了。

所以，为了明哲保身，李煜每天的生活就是吟风咏月、作词享乐，甚至以隐士自居，从内到外都远离政事，生怕他大哥哪天又想起来他这个威胁。

浪花有意千里雪，桃李无言一队春。
一壶酒，一竿身，快活如侬有几人。

——《渔父·浪花有意千里雪》

韬光养晦是真的，但每天沉浸在文艺温馨的生活氛围里的快乐，也是真的。

“要是能一直这样就好了”，李煜常常在心里感叹着，“皇位有什么好，做个闲散王爷才是正道。”

那时候的李煜没有想太多，他以为，只要他不想要，皇位就不可能是自己的，危险和烦恼也就不是自己的。

可偏偏，这麻烦还是自己找上了门。

三

显德六年（959年），太子李弘冀杀了有望继承帝位的叔父，但不久，自己也意外暴毙了。

两年后，李璟去世，这众人争抢的帝位，最终竟毫无意外地落到了李煜的手里。

鹬蚌相争，一心想当渔父的李煜，却成了最终的胜利者。

一个机关算尽，最后两手空空，一个寄情山水，却被推上政治舞台，入主东宫，最后登基称帝。

果然是命运无常。

登上帝位的李煜，发愁地看着自己手中的江山。

整个南唐早已是暮气沉沉，一副气数将尽的样子，北宋更是天天守在对面，时刻准备把南唐一口吞并。

父皇李璟留给他的，可不是什么太平盛世。

他一个文艺青年，要如何匡扶将倾之大厦呢?

无论如何，他都已经坐到了这个位置上，干得好是他，干不好也是他。

那就干吧。

他也是读过史书的，知道治国理政最重要的是人才。所以，他不拘一格，但凡是有才华的人，一律予以重用。

除了广纳贤才，还要平衡党争、轻徭薄赋、打击贪官……

他努力地模仿着一个贤能君王的样子，心里暗自希望能够守住父皇留给他的家业。

只要能够守住，他不在乎是否向北宋降制示尊。

他相信，只要有一个良好的态度和开始，他就可以拥有一个良好的结局。

四

虽然当了皇帝，不得不抽出时间来应付政事，但文艺青年李煜其实一点也没有放弃自己的爱好。

他爱好音律，而他最爱的大周后也喜欢。这天，夫妻两个费尽心思，找到了失散多年的《霓裳羽衣曲》的残谱，兴奋得不得了。

他们一起补好曲谱，找人开始排练，辛苦了一段时日后，湮灭多年的《霓裳羽衣曲》终于在李煜的后宫重新上演了。

晚妆初了明肌雪，春殿嫔娥鱼贯列。
凤箫吹断水云间，重按霓裳歌遍彻。
临春谁更飘香屑？醉拍阑干情味切。
归时休放烛光红，待踏马蹄清夜月。

——《玉楼春·晚妆初了明肌雪》

宫女们一个个明艳照人，鱼贯排列，乐工们也都铆足了劲儿努力吹奏着曲子，乐声飘荡，清越激昂，宫女们跟着拍子跳舞，舞姿婆娑、衣香鬓影，美丽极了。

李煜快乐地闭上眼睛，闻着春风中飘散的香屑，忍不住拍了拍栏杆，说："好！好！好！"

他重现了《霓裳羽衣曲》，他的南唐也会和曾经的盛唐一样，歌舞升平，千秋万代吧？

一曲演罢，天快要黑了。

“不必点烛了。”他吩咐下人道，伸手拉住了他的大周后。

“趁着这雅兴，咱们一起骑着马，在月光下溜达溜达可好？”

他知道，他的大周后是不会拒绝的。她是那么美丽温柔，多才多艺。

能够和自己最爱的女子一起欣赏最精彩的歌曲表演，完事还能一起踏月闲谈、纵马驰骋，这是多么美好的岁月啊。

美好得让他几乎快要忘了，他是一个帝王。

五

或许是心里残留着的一丝希望，李煜除了爱好文艺，还是一个礼佛达人。

他虔诚地供奉佛祖，寄希望于神明的力量，想要保住眼前的江山和美好。

可他怎么也没有想到，佛祖不但没有答应他，不久，他和大周后的爱子仲宣，就因为佛像前一盏突然坠地的琉璃灯而受到惊吓，没过多久，就染病去世了。

那是他的小仲宣啊，年仅三岁就能全文背诵《孝经》的好孩子。

他无论如何也接受不了这样的意外，而比他更难以接受的，是大周后。

因为仲宣的离世，大周后也一病不起。最终，李煜在佛前供奉的琉璃灯，一前一后送走了他最爱的儿子和妻子。

珠碎眼前珍，花凋世外春。

未销心里恨，又失掌中身。

玉笥犹残药，香奁已染尘。
前哀将后感，无泪可沾巾。

——《挽辞二首》（其一）

艳质同芳树，浮危道略同。
正悲春落实，又苦雨伤丛。
秾丽今何在，飘零事已空。
沉沉无问处，千载谢东风。

——《挽辞二首》（其二）

大周后将自己最好的十年奉献给了他，却无法陪伴他更多的十年。

这朵艳丽无比的花，追随他们珍贵的爱的结晶，先后离开了人世，独独留下他李煜一人。

“你们都走了，这偌大的人间，我一个人，太孤独了。”

情到深处无须言，痛到极致则无泪。东风过后，万物飘零，人间固是如此，可就算这样想，却依然不能减少他心里的亿万分之一的悲痛。

如果李煜能够穿越，提早知道自己的人生结局，那么，此时此刻，他还会如此痛苦吗?

和失去故国相比，失去最珍爱的妻子和儿子，哪个更值得悲痛呢?

不！就算是提前知道了结局，痛苦依然是痛苦，因为产生痛苦的情感是真实的、不变的。

他是个帝王，却也是个心肠柔软的丈夫和父亲。

只是，上天不仁，他终究无法只是一个丈夫和父亲罢了。

六

“皇上，姐姐已经去了，但奴可以代替姐姐，陪在你身边。”

李煜望着小周后那似曾相识的面容，心里很不是滋味。

他迎娶大周后的时候，小周后还不过是个五岁左右的孩子，天真烂漫。母亲钟太后喜欢她，便允许她常常进宫来玩耍。

她比大周后小了整整十四岁，大周后香消玉殒后，小周后却宛如初生的小荷，清新美丽，充满了蓬勃的生命力，格外引人注目。

她有着和大周后相似的美貌，以及同样过人的歌舞天赋，这一点，常常令李煜想起大周后。或许也正是如此，在忽然意识到这个昔日的小姑娘已经长大成人、花开堪折的时候，一个难以抑制的冲动爬上了他的心头。

或许，这个妹妹可以弥补他和大周后的遗憾，陪伴他度过没有大周后的余生呢？

这样的想法或许很自私，但让李煜高兴的是，对他这个姐夫，小周后也偷偷有好感。

既然两心同，一切看似尴尬的过往便都不重要了。

小周后和姐姐一样喜爱声乐，所以也和姐姐一样，对李煜有着知己之感。这种灵魂深处的吸引和共鸣是无法克制的，而且她本身就更大胆，更奔放，有着比她姐姐大周后更难得的勇敢和活泼。

美丽的夜晚，花香弥漫，月色朦胧。

李煜在等待着，等待他的小周后。

少女一手提着绣鞋，轻悄悄地避开人群，熟练地穿越一座又一座宫殿。他看到她的时候，她正从落满花瓣的台阶上走过来，带着一身夜晚的凉意，一下子就扑到了他的怀里。

因为紧张和跑步的原因，李煜发觉到她的身体在不住地轻轻颤抖着，他抚了抚她的背，安慰着，而她却娇气地抬起头，对他说：“我好不容易才出来见你一面，你可要好好怜惜我啊！”

李煜轻笑，说：“当然会的。”

少女这才满意地低下头去，幸福地靠在李煜的胸口。

花明月暗笼轻雾，今宵好向郎边去。刬袜步香阶，手提金缕鞋。

画堂南畔见，一向偎人颤。奴为出来难，教君恣意怜。

后来，李煜将这次见面写成了这一首《菩萨蛮·花明月暗笼轻雾》。

世人好事，认为这是他在大周后生病期间“出轨”的证据，但事实上，李煜正式迎娶小周后，是在大周后去世四年之后。所谓“出轨”之说，不过也是以今人的标准对古人横加审判罢了，真相究竟如何，谁也不知道。

但可以肯定的是，无论是大周后，还是小周后，李煜都一样珍视。

她们都是他悲苦岁月中最美丽、美好的存在，她们对他的爱和陪伴，就是上天赐予他最无价的礼物。

前半生，他拥有大周后的温柔和聪慧，后半生，亦享受了小周后的活泼和娇羞。

有这两个女子先后的相知相伴，让李煜这个多情又悲情的帝王人生，平添了两抹醉人的春意，两滴动人的热泪，两段引人遐想的传奇。

七

自从迎娶小周后，李煜的生活变得更加倾颓了。

小周后仿佛是他逃避现实的最后一处温柔乡，他躲进了有她的世界，整日就是和她一起听听音乐、写写词。虽然他心里知道国家正在不可避免地走下坡路，却也无可奈何，只能装作若无其事，继续硬着头皮走下去，等待北宋扑来的那最后一刻。

开宝四年（971年），李煜三十五岁。就在同一年的十月，雄才大略的宋太祖赵匡胤灭掉了南汉，屯兵在汉阳一带。

李煜心里明白，南汉一亡，剩下的就只有吴越和他的南唐了。

虽然不情愿，但表面上，他还是低头了。

他派人向赵匡胤表明了要臣服的意思，还特意安排弟弟李从善朝贡，向北宋进献了无数奇珍异宝，并亲自上书，请求去除唐号，自己只称“江南后主”。但私下里，李煜也暗自在长江中下游的各个要点布下了兵力，以防止北宋反悔，强行进攻。

结果，赵匡胤收下李煜送来的礼物，也同意改称，但把李从善扣留在汴京当起了人质。

李煜大怒，但也知道自己没有一丁点儿办法，只好再次给赵匡胤写信，希望赵匡胤可以赦返弟弟，结果可想而知，这些信只是泥牛入海，没有得到半点儿回信。

李煜不是他的大哥李弘冀，他生性善良，弟弟李从善被扣押，家国不稳，他不可能没有半点儿感触，相反，思念、紧张、哀愁等等这些情绪日复一日地积压在他的心头，折磨着他。

别来春半，触目柔肠断。砌下落梅如雪乱，拂了一身还满。

雁来音信无凭，路遥归梦难成。离恨恰如春草，更行更远还生。

——《清平乐·别来春半》

在这种痛苦的情绪折磨中，到了第二年的春天，梅花纷飞，飘零如雪，看得李煜更是肝肠寸断。

李煜又想起了弟弟，自从去年离别至今，他都没有收到关于弟弟的任何消息。有家难归，弟弟心里一定很难过，很怨恨他这个无能的哥哥吧？

李煜站在落梅间，就这样思念着弟弟，不知不觉，梅花已经落了一身，整个人宛如覆在白雪中一般。

其实，覆盖他的，哪里是落梅，而是如春草般连绵不绝的思念和离恨。

弟弟回不来了，或许，他应该也很快就要去见他了吧？

八

在煎熬了四年之后，北宋的铁蹄终于还是来到了金陵城下，将金陵城围了个水泄不通。

存亡之秋，洪州节度使朱令赞率兵十五万，前来救援，和宋军在皖口大战。朱令赞本来想要下令火焚宋军，但谁也没有想到，就在这个关键时刻，北风大作，火反而烧到了自身，朱令赞和一众援军都被宋军抓了个正着。

金陵城里，李煜久久等不来援军，便知道天意已定。

他在自己的主位上坐了很久，才终于下定决心："去吧，告诉宋军，我们奉上大批钱物，让他们不要再进攻了。"

可回答他的只有赵匡胤两句扎心的话。

第一句是："卧榻之侧，岂容他人酣睡？"

现如今的形势，宋为刀俎，而李煜便是那鱼肉，他早已失去了和赵匡胤谈判的资格。既然他赵匡胤已经下定决心要一统天下，那么李煜就不可能是例外。

第二句是："你要是能够把作诗的时间拿来治理国事，又怎么会被我打败呢？"

一句话，怼得李煜无话可说。

生来便是帝王，他别无选择，做得不好，就只能承受这样的指责。

这样的指责和羞辱是他应该承受的，但他承受不了的，是亡国的绝望。

江南江北旧家乡，三十年来梦一场。
吴苑宫闱今冷落，广陵台殿已荒凉。
云笼远岫愁千片，雨打归舟泪万行。
兄弟四人三百口，不堪闲坐细思量。

——《渡中江望石城泣下》

往日的帝王生活就此结束，山穷水尽，国破家亡。

他终归，还是当了亡国之君，没能保住父皇留下的江山。

是父皇错了吗？

是他错了吗？

亦或者，造化之错，命运弄人？

他想不到答案。

或许，答案也不再重要了。

九

四十年来家国，三千里地山河。

凤阁龙楼连霄汉，玉树琼枝作烟萝，几曾识干戈？

一旦归为臣虏，沈腰潘鬓消磨。

最是仓皇辞庙日，教坊犹奏别离歌，垂泪对宫娥。

——《破阵子·四十年来家国》

开宝九年（976年），金陵城破，李煜“肉袒出降”，南唐正式消灭。

这一年，他四十岁，作为亡国之君，和子弟四十五人，被宋人押往了北方。

陪在他身边的，是始终未曾离开的小周后。

因为他没有第一时间投降，一向看不上他的赵匡胤又变着法儿地戏弄他，给他起了个“违命侯”的名头。

李煜无话可说，作为俘虏，他现在连反抗的资格都没有。

不过，赵匡胤到底没有杀李煜，他与李煜不同，他不在意什么诗词歌赋，在他眼里，那些都是亡国之君才会喜欢的东西。幽州十六州还在等着他收复，他可没有工夫搭理李煜。

所以，在赵匡胤治下，李煜虽然一开始受到了“违命侯”的戏弄，后来又被软禁起来，但整体生活上倒也正常，并没有被宋人特别虐待或羞辱，这一点倒是出乎李煜的意料。

可上天似乎见不得这位亡国之君好过。

到了十一月，正直的赵匡胤去世了，取代他的，是臭名昭著的宋太宗赵光义。

这个一辈子几乎没有干过一件好事的皇帝，给了李煜最致命的羞辱。因为，他看上了小周后。

虽然这件事未有正史记载，但赵光义强幸小周后的民间资料非常多，可见此事大概率是真的，而且还不止一次。

更令人不齿的是，这个赵光义居然还命令宫廷画师将这一过程画了出来作为乐趣，称为《熙陵幸小周后图》，真是荒淫无耻到了极致。

这一切，李煜不可能不知道，可此刻的他，只是一个无力保护自己女人的懦夫。所以，每一次宣召小周后进宫的使者来的时候，他唯一的办法就是躲起来，因为他无法面对这个局面。

所以，每一次小周后回来，都是泪流满面，一见他就开始用最恶毒的语言咒骂他，完全没有了贵妇人的体面。但这个时候，他没有躲避，任由她骂着，因为，他阻拦不了发生在她身上的一切，他唯一可以做的，就是当她的出气筒。如果骂他可以让她的痛苦减少哪怕一分，他便也好受一些。

因为，这是他现在，唯一能够替她做的事了。

十

自己被软禁，妻子被羞辱，这样非人的折磨持续了快三年后，李煜又迎来了一个七夕。

无言独上西楼，故国种种如同过电影一般浮现在他的脑海里。

他想起了父亲，想起了大周后和仲宣，想起了故国那美丽的雕栏玉砌，还有在故国时忧虑却又快乐的生活。

可如今，他就连人都见不到几个，唯一能做的，就只有喝酒填词来排遣寂寞。

> 春花秋月何时了？往事知多少。
> 小楼昨夜又东风，故国不堪回首月明中。
> 雕栏玉砌应犹在，只是朱颜改。
> 问君能有几多愁？恰似一江春水向东流。

一首《虞美人·春花秋月何时了》缓缓落在笔下，美丽的词句就和作词的人一样，充满了绝世的哀愁，令人唏嘘，又无限感伤。

在写这首词的时候，李煜究竟是怎样的心情已经不得而知，但赵光义看到了这首词，或许是做贼心虚，他认定李煜仍怀有复国的不臣之心，当天就火速派人给李煜送去了一杯毒酒。

一面是亡国之君的屈辱生活，一面是死亡的威胁，李煜看着送来的毒酒，想都没想，就饮了下去。

来人告诉他，赵光义送他的这杯毒酒，名叫牵机引，人吃了以后会浑身抽搐，足部佝偻相接而死，样子如同牵机，很是恐怖。

李煜笑了："还有什么比亡国之君的生活更恐怖呢？"

对他来说，死亡，只是一种解脱。

他是多情的词人，却偏成了薄命的君王。

这一世，他选错了身份，来世，希望他只是一个普通的士子，过一过普通人的生活。

帝王的剧本于他，这一世，便体验够了，再不用来第二遍。

<table>
<tr><th colspan="6">宋词江湖角色表——李煜</th></tr>
<tr><td>姓名</td><td colspan="5">李煜，字重光，号钟隐，又号钟峰白莲居士，别名，从嘉、江南国主、南唐后主、李后主</td></tr>
<tr><td>生卒年</td><td colspan="5">9937—978年</td></tr>
<tr><td>江湖身份</td><td colspan="5">南唐末代君主、诗人</td></tr>
<tr><td>江湖称号及成就</td><td colspan="5">世称“千古词帝”；
李煜精通书法绘画，还擅音律，在诗文上也有一定的造诣，但成就最高的是词。其词语言清新简练，富有感染力，内容上前期主要描述享乐的宫廷生活，但后期国灭，李煜被俘后，主要内容变为了感叹身世、怀念故国，在境界上更上一层，对后世影响深远。李煜与其父李璟的词作被后人合刻为了《南唐二主词》</td></tr>
<tr><td>人物评价</td><td colspan="5">王国维：“词人者，不失其赤子之心者也。故生于深宫之中，长于妇人之手，是后主为人君所短处，亦即为词人所长处。”</td></tr>
<tr><td rowspan="3">知识链</td><td colspan="5">与李煜有关的成语</td></tr>
<tr><td>别有滋味</td><td>仓皇出逃</td><td>春花秋月</td><td>雕栏玉砌</td><td>偎红倚翠</td></tr>
<tr><td>春意阑珊</td><td>玉树琼枝</td><td>落花流水</td><td>凤阁龙楼</td><td>不堪回首</td></tr>
</table>

贰

走过的路和爱过的人

宋.佚名(王诜).飞阁延风图页

一

1054年，清明时节。

润州城内，歌女们表情凝重，不约而同都收起脸上的职业笑容。

她们面色悲戚，身着素衣，带着祭品纷纷赶到城外。一束束白菊寄托思念，一杯杯清酒表达哀思。

灰蒙蒙的天空下，有人且歌且泣，有人沉默不语。

后来，冯梦龙将这一场面写在了《喻世明言》中，名为“众名姬春风吊柳七”。

柳七是谁?

当然不只是一个买醉的逍遥客。

他与大多数文人雅士不同。他们来消遣，来作乐，却不屑于落笔在这风月之地，写她们的欢笑，诉她们的愁肠。

柳七是她们的知己，她们的偶像。他写下的字字句句，蘸着生命的温度，写活了她们的人生。让一颗颗微不足道的尘埃，感受到“被看见”和“被关注”的温暖。

作为回报，她们将这些字句不断传唱，也使他成为那个时代的耀眼明星。

二

柳七，名永，也叫柳三变。

福建武夷山上梅乡茶景村，约公元987年的一天，他的父亲伫立在床前，含笑望着白瓷般的初生儿，想起了《论语》中子夏的一句话：“君子有三变：望之俨然，即之也温，听其言也厉。”

因为在家族所有堂兄弟中排第七，所以，家人也唤他“柳七”。

家里有儒学传承，世代为官。柳七天资聪颖，小小年纪就能熟读诗书，因此自幼就向这个方向培养和努力。在学业上，他十分灵秀，对诗词颇有天赋。

小时候，他读到《眉峰碧》，感到了如痴如醉。灵感一发不可收拾，写下多篇歌颂武夷山美景的词作，被称作“鹅子峰下一支笔”。

家人欣喜若狂。

“这孩子才华了得，一定要进京赶考，光耀门楣。”

少年柳七侧了侧头，有些困惑。

他不知道何为光耀门楣。

但或许，大多数人认为对的那条路，总不会错吧。

所以，小时候的柳七就是个标准的好学少年。他几乎没有什么叛逆的想法，只想按照家族所期待的那个方向，慢慢伸展自己的枝桠。

母亲刘氏出生于书香世家，是个不折不扣的才女。父亲无暇顾及柳七的学业，刘氏便担起大任。在母亲的教育和引导下，柳七打下了坚实的文学底蕴。“考取功名”四个字，牢牢刻在了他的心间。

十九岁那年，他收拾好行囊，开始了梦的征途。他从老家武夷山出发，由钱塘入杭州，再经苏州到扬州，最后来到帝都汴京。

初出大山，满眼新鲜。一个新的世界在柳七眼前徐徐展开。

他留恋山河美好，也热爱都市繁华。

在杭州，他惊诧于还有这样美好富庶的地方，细微处都带给他无限感触，于是再次体验到了那种创作的冲动。

他凝神提笔，写下了一首澎湃的《望海潮·东南形胜》，为大宋的城市繁华做了经典版的刻画与描摹。

东南形胜，三吴都会，钱塘自古繁华。烟柳画桥，风帘翠幕，参差十万人家。云树绕堤沙，怒涛卷霜雪，天堑无涯。市列珠玑，户盈罗绮，竞豪奢。

重湖叠巘清嘉，有三秋桂子，十里荷花。羌管弄晴，菱歌泛夜，嬉嬉钓叟莲娃。千骑拥高牙。乘醉听箫鼓，吟赏烟霞。异日图将好景，归去凤池夸。

字里行间，自然挥洒。至此，一词名满天下。

据说，金国的完颜亮看到这首词，感受到热血不断上涌，连连拍手叫好。他用粗壮的手指在地图上圈圈画画，对杭州这座美丽的城市心生向往，想着想着，竟然动起了攻打宋朝的小心思。

历史当然不能如此儿戏，这显然大概率是文人杜撰说笑的。完颜亮之所以做那样的浑账事，一定有更深度的浑账原因。但由此可见，柳七公子这篇作品是多么震撼人心。

三

柳七这样的出场，无疑非常令人惊艳。

盛名之下，柳七公子找到了底气，也仿佛得到了某种印证。

他意气风发，嘴角上扬，想起了父辈们的嘱托，感觉自己似乎可以不辱使命。

这种年少的自信，让他认为一步步走上朝堂，成为一颗耀眼的明星，已是他人生几乎已经看得到的“水到渠成”。

此时的他，还不知道努力和成就的关系，也不知道现实和理想的冲突。

那时，家中两位哥哥都已经中了进士，柳七自信自己毫不逊色。初登舞台的年轻人怀抱一个心愿，想要做天上最亮的那颗星，自信一定可以“魁甲登高第”。

可是命运捉弄起人来，从来不会手软。

柳七经历了连续的科考落榜，年复一年的期盼化作一次又一次的失望。岁岁年年的挫败，渐渐磨平了少年的棱角。

他想要证明自己，只能游走在那欢歌之地，抬着惺忪的醉眼，伴着哀婉弦歌，写下他沾满了心酸的感悟。

他忽然明白，这些花朵一样鲜活的生命，承载了太多世俗的偏见。她们其实也与他一样，本该有一个灿烂的未来，或者在家庭的呵护下享受岁月静好，只是无奈被宿命牢牢地困住。她们被世俗定义着，误读着，又无力改变。

于是，他用沾满情绪的笔，为她们不断写下词句，也让更多人离她们的人生越来越近。

酥娘、英英、心娘、秀香、师师……无一不是歌声美妙，舞姿优美，兼具傲骨与柔肠。

词句中，有“何当夜召入连昌，飞上九天歌一曲”的夸赞，有“英英妙舞腰肢软，章台柳、昭阳燕”的震撼，有“有美瑶卿能染翰，千里寄、小诗长简”的欣喜，也有“言语似娇莺，一声声堪听”的动人。

其中，他用情最深、笔墨最多的对象，是一个叫“虫娘”的女子。

小楼深巷狂游遍，罗绮成丛。就中堪人属意，最是虫虫。有画难描雅态，无花可比芳容。几回饮散良宵永，鸳衾暖、凤枕香浓。算得人间天上，惟有两心同。

近来云雨忽西东。诮恼损情悰。纵然偷期暗会，长是匆匆。争似和鸣偕老，免教敛翠啼红。眼前时、暂疏欢宴，盟言在、更莫忡忡。待作真个宅院，方信有初终。

写下这首《集贤宾·小楼深巷狂游遍》的柳七，就像一个恋爱脑的愣小子，表达直来直去，毫不遮掩，但是直指人心。

他的真诚，深深打动了这些栖居在人性暗处的苦命女子。

对于这些女子来说，她们见惯了觥筹交错、虚伪迎合，唯独在柳七这里体验到了两个无比珍贵的词——尊重与平等。每一首词，每一个字，甚至每一处停顿，都被她们视若珍宝。

一时间，柳七公子的词在街头巷尾被口口传唱。

在当时的年代，名气不亚于今天的流量明星。如果哪位歌妓想要成名，也必然要想方设法去求一首柳七的词作，相当于今天的“流量推手”。

如此高调，引人羡慕的同时也带来非议。文人雅士们纷纷为之不齿，虽然他们也夜夜醉倒在歌妓的琴声下，但是风流怎么可以公之于众呢？作品中怎能不写家国，去反复描摹这些小儿女的情愫呢？

他们站队划清界限，并用“浮靡”“鄙薄”“俗艳”这样的词汇，为柳七打上了标签。

面对科考的不断失利，和舆论的压力，柳七公子内心极其沮丧。好吧，夏虫不可语于冰。既然如此，我又何必？

可怜自己一肚子锦绣河山，却没有发挥之处。在这样的心境下，他赌气写下一首《鹤冲天·黄金榜上》。

> 黄金榜上，偶失龙头望。明代暂遗贤，如何向。未遂风云便，争不恣游狂荡，何须论得丧？才子词人，自是白衣卿相。
>
> 烟花巷陌，依约丹青屏障。幸有意中人，堪寻访。且恁偎红倚翠，风流事，平生畅。青春都一饷，忍把浮名，换了浅斟低唱！

懂的都懂，这样的情绪当中，表达会或多或少带着一些牢骚的成分。

柳七只是万万没想到，他的这首词竟然被人拿到了皇帝的案桌上，他即将为自己的一时任性长期买单。那一句“忍把浮名，换了浅斟低唱！”刺痛了皇帝的眼睛。这相当于讽刺老板不识货，但是被老板亲耳听到了一样。皇帝愤然拍案，抬手用重重的笔墨在榜单上划去了柳七的名字，并丢下一句：“且去浅斟低唱，何要浮名！”

那一刻，空气变得稀薄。

一位才子的命运之牌，“轰”的一声，被狠狠扣了下去。

这样的结果，再次给了柳七一记重击。这首词流传度非常广，让他的名气更大了，但是他的骄傲与自负，不小心把皇帝和满朝文武都得罪了，也亲手葬送了自己的仕途，被朝廷默默拉进了

"黑名单"。

落榜似乎已经是他不可更改的结局，接下来又该如何呢？

他饮下一杯又一杯酒，任那汹涌的情绪没过喉咙，一句话也不想说。

从此，他开始戏谑地称自己为"奉旨填词柳三变"。既然殿堂容不下身，那就做个自由自在的填词人吧。

名气成了双刃剑。一方面让他在百姓间名气非凡，一方面也让他无法在主流社会获得认可。在正史中，史官没有为柳永立传，背后的原因不难分析。但所幸这位词人的作品影响力足够大，因此宋代许多笔记，都记载了柳永的片段。后代学者不断分析甄别，为我们保留了柳七公子的温度，找到了后人了解这位词人的入口。

最令人啼笑皆非的是，皇帝虽然亲手扼杀了柳七公子的仕途，但其实是被他的傲气冲撞到了。当面对好作品的时候，摒除傲慢与偏见，心灵的触动是不会撒谎的，皇帝甚至私下也会听他的作品。陈师道就在《后山诗话》里说："仁宗颇好其词，每对酒，每使侍妓歌之再三"。

如果柳七在有生之年知道这样的情况，不知道会不会感到释怀。

四

柳七受挫之后，开始放弃期待，索性顺应天意，全身心地投入词的创作中去，大量填写慢词，艺术天赋得到了充分的发挥。

在中国古代慢词领域的贡献，他堪称第一人。

在此之前，词作更流行的是小令。简单来说，小令更加紧凑，而慢词的曲调变长，字句增加，节奏变慢。有人统计，柳七所用的词调比晏殊多三倍，比欧阳修多两倍。

在这种变化之下，音乐能够承载更多情绪，情感表达也会更加委婉曲折。听者在变缓的曲调中，也更容易被触动。于是，大批优秀作品的产生，促成了这种形式的发展。自此开始，慢词与小令两种体式平分秋色，充分展现了词作的多样性与变化性。

所以，这对于诗词领域是一个革新式的进展。据统计，宋词八百八十多个词调，有一百多个是柳七公子首创的。后来的苏东坡、辛弃疾、李清照都受到了其影响。

尤其是苏东坡，在大家都议论柳词低俗的时候，他却认为柳七的一些作品，“不减唐人高处”。其中，以词作《八声甘州·对潇潇暮雨洒江天》最为具有代表性。

> 对潇潇暮雨洒江天，一番洗清秋。渐霜风凄紧，关河冷落，残照当楼。是处红衰翠减，苒苒物华休。唯有长江水，无语东流。
>
> 不忍登高临远，望故乡渺邈，归思难收。叹年来踪迹，何事苦淹留？想佳人，妆楼颙望，误几回、天际识归舟。争知我，倚阑干处，正恁凝愁。

这是柳七词作中，较为少见的严肃题材。这篇的立意和文学水准，并不亚于任何一位世俗认同的所谓大家。

由此可见，当时主流文坛对柳七的偏见太大了。他本可以拥有更高评价与更多尊重。

后来，被称为“千古第一才女”的李清照，也曾在读过柳七的作品后大为惊叹：“始有柳屯田永者，变旧声作新声，出《乐章集》，大得声称于世。”

这些都是后话，总而言之，当时柳七公子的民间地位和官方地位形成了巨大的反差。

在坊间，因为柳七词坛地位逐步上升，渐渐成为标杆式人物。“教坊乐工，每年新腔，必求永为辞，始行于世。”教坊乐工只要遇到了新腔，一定要先让柳七填了词，才敢拿出来传唱。他的粉丝众多，可以说遍布大江南北，影响力相当于今日最顶流的自媒体网红。

冯梦龙也在作品中提到了当时的坊间传言：“不愿穿绫罗，愿依柳七哥；不愿君王召，愿得柳七叫；不愿千黄金，愿中柳七心；不愿神仙见，愿识柳七面。”柳七公子人气有多高，可窥见一斑。

可惜的是，如果柳七心理素质足够好，能够达到内心的自洽，他完全可以做个逍遥自在的江湖客。一边享受盛名，一边用另一种维度来定义自己的价值。

但或许是受社会与家庭年深日久的影响，他始终对自己有所期待，想做一个兼济天下的士大夫。于是，只能不断消解内心的苦闷与失衡。人人都说他是个放荡不羁的浪子，但他内心一直守着那个中规中矩的愿望。

他经常望着月色发呆，思考自己失败的一生。热闹之处，皆是凄凉。

没想过的是，他的人生从来没有失败过，而是他的思维走入了死胡同。

多次科考失利后，他决定出去看看世界。于是踏着秋天的凄凄落叶，告别心爱的红颜知己虫娘，踏上了远行的路。

临别时，他伫立在江边，拉着虫娘的手，流下了男儿泪。

寒蝉凄切，对长亭晚，骤雨初歇。都门帐饮无绪，留恋处，兰舟催发。执手相看泪眼，竟无语凝噎。念去去，千里烟波，暮霭沉沉楚天阔。

多情自古伤离别，更那堪，冷落清秋节！今宵酒醒何处，杨柳岸，晓风残月。此去经年，应是良辰好景虚设。便纵有千种风情，更与何人说？

——《雨霖铃·寒蝉凄切》

“雨霖铃”一出，便迸发出了经典的伤情之作。

一首又一首的拍案之作，没帮助柳七公子走上理想之路，却当真换来了“浮名”。在当时，柳七公子的名气在寻常百姓中家喻户晓。

只是他从未放在心上，也从未真正享受其中。他常常听见恭维，也常常听见讽刺。好评与恶评相生相伴，让他渐渐麻木。

不过，他的脚没有走上朝堂，却步步陷入平凡人的喜怒哀愁，生花的笔在市井中大放异彩。

半生辗转，他曾经见过烟花柳巷的眼泪，如今也在远离帝都的地方，读懂了底层人民形形色色的艰辛。

他自认为浑浑噩噩，却浑然不知，就凭这份对世俗生命的尊重与重视，他已经博得人心，立于不败之地了。

五

五十岁时，这个瘦弱的老人终于听到了姗姗来迟的好消息。

皇帝开了“恩科[1]”，他考取了进士。

那时候，他的发丝中已然有了白色，但一刹那，他的眼中还是焕发出了久违的光彩。

[1] 恩科，指科举制度中于正科外皇帝特恩开科取士。

虽然一切来得有些晚，但如果努力，会不会有另一种可能？

可笑的是，他是在改名后被录取的。因为“柳三变”与“淫词艳曲”构成对应关系，长期被列入黑名单，所以他才改名“柳永”，同时将字“景庄”改为字“耆卿”。

东郊向晓星杓亚。报帝里，春来也。柳抬烟眼。花匀露脸，渐觉绿娇红姹。妆点层台芳榭。运神功、丹青无价。

别有尧阶试罢。新郎君、成行如画。杏园风细，桃花浪暖，竞喜羽迁鳞化。遍九陌、相将游冶。骤香尘、宝鞍骄马。

晚年改命的柳七，做下了这首《柳初新·东郊向晓星杓亚》，写下了自己满心的喜悦之情。可终于考取了功名，他没有迎来截然不同的命运，也没有改变往日的忧愁。

身为小官，他历任睦州推官、定海晓峰盐场盐监、泗州判官等职，在老百姓中的口碑甚好，被后来的很多县志列为名宦。

早已不是鲜衣怒马的少年，他依旧像个年轻人一样勤勤恳恳，但并没有换来飞跃和晋升，最后只做到了屯田员外郎。

离他理想中的上层士大夫圈层，始终很远。

约1053年，柳七缓缓合上双眼，离开人世。

他的生卒年份并不确切，墓葬也未知地点，有说在襄阳，有说在枣阳，有说在仪征，至今都是人们争论的焦点。

离世时，歌妓们凑钱安葬了他。

每逢清明，她们都会扫墓、烧纸、悼念，形成奇特又令人震惊的景象。这种风俗一直持续到宋室南渡。

此情此景，谁又能说“妓女无情”？

柳七飘摇痛苦了一生，终于归于尘土。

可惜他没有早一些顿悟，与朝廷的垂青相比，这些平凡女子的真心，又何尝不是更大的财富呢？人生短暂，何必困于雅与俗的囹圄。

柳七，终成一代词宗，流芳千载。

他从来不是时代的弱者，历史也终会给他公正的评价。

<table>
<tr><th colspan="6">宋词江湖角色表——柳永</th></tr>
<tr><td>姓名</td><td colspan="5">柳永，字景庄，后改名永</td></tr>
<tr><td>生卒年</td><td colspan="5">约987—约1053年</td></tr>
<tr><td>江湖身份</td><td colspan="5">中国北宋著名词人，婉约派代表人物</td></tr>
<tr><td>江湖称号及成就</td><td colspan="5">人称柳七、柳三变、白衣卿相等；
柳永是北宋第一个专力写词的词人，创作了大量慢词；
后人称“凡有井水饮处，皆能歌柳词”；
其词作多描写城市风光和歌姬生活，喜欢运用大量俚词，是从“雅”到“俗”的转变，也因此深受大众喜爱；
后世的苏东坡、黄庭坚、秦观和周邦彦都深受其影响</td></tr>
<tr><td>人物评价</td><td colspan="5">李清照：“又涵养百馀年，始有柳屯田永者，变旧声，作新声，出《乐章集》，大得声称于世；虽协音律，而词语尘下。”</td></tr>
<tr><td rowspan="3">知识链</td><td colspan="5">出自柳永的成语</td></tr>
<tr><td>晓风残月</td><td>朝思暮想</td><td>离情别绪</td><td>和风丽日</td><td>东猜西疑</td></tr>
<tr><td>千愁万绪</td><td>琼枝玉树</td><td>雨迹云踪</td><td>佳人才子</td><td>蕙质兰心</td></tr>
</table>

叁

张先的文艺生活

南宋.马麟.橘绿图

一

公元990年，浙江乌程的一个寻常家庭里，一个可爱的男婴呱呱坠地。

他的父亲名叫张维，少年时因为家中贫寒，最终没能完成学业，只能放弃仕途，回家种地了。

和天下所有的父亲一样，面对刚出生的儿子，一个强烈的愿望浮上张维的心头："一定要好好教导这孩子，让他读书成才，万不能重蹈我的覆辙。"

他给儿子取名张先，希望他将来可以一马当先，金榜题名。

张维虽然没能入仕，却的确也是个有才华的人物，他不仅满腹经纶，一些诗作也算小有名气。在他的悉心教导下，张先的学习成绩一直保持得不错。

或许是受了父亲的启发，张先虽然算不上神童，却勤奋好读，而且早早就立志要考取功名。

功夫不负有心人，天圣八年（1030年），张先如愿以偿获得了进士，与他同榜的，还有大名鼎鼎的欧阳修等人。

此后的人生里，他经常和这些人一起登山临水、诗酒唱和、创作不断，过着潇洒又文艺的幸福生活。

不过，和张先的文艺相比，他的风流韵事，似乎更加出名。

二

“从今天起，你就老实在这阁楼上待着，再不许和张先那浑小子往来，否则，你到底是要吃亏的！”

说这话的，是庵内一位严厉的老尼。此刻，她刚将一个年轻的小尼姑关进了池塘深处的一座阁楼。

倒不是老尼心狠，实在是小尼姑年轻，佛心不稳，不知道怎么和那姓张名先的风流小子认识了，竟然不顾礼仪，暗中和他相好起来。老尼当然生气得很。

为了阻止两个人继续发展下去，老尼只好出此下策。

不想，到了晚上，正是夜深人静的时候，月光洒在池塘的水面上，只见一只小船兴奋地划过池塘，转眼就到了对岸，一个人影跳下船来，几步就走到阁楼底下。

来的人不是别人，正是老尼口中那姓张名先的浑小子。

他轻轻地喊了几声小尼姑的名字，不一会儿，一个梯子竟然从楼上放下来，张先也就顺着梯子上了阁楼，好几日日日如此，老尼一次都未曾发现。

阁楼内，张先和小尼姑自是夜夜温情，缠绵悱恻。

> 花前月下暂相逢。苦恨阻从容。何况酒醒梦断，花谢月朦胧。
> 花不尽，月无穷。两心同。此时愿作，杨柳千丝，绊惹春风。

张先的一首《诉衷情·花前月下暂相逢》，更是把小尼姑感动得梨花带雨，早就将老尼的警告抛到了九霄云外。

什么戒律清规，怎比得上天长地久、你侬我侬？

可小尼姑不懂，爱情的魅力，有时候不在于相守，而在于分离。

纸包不住火，阁楼私会终究迎来了被发现的这一天。

结果可想而知，张先和小尼姑最终被迫分手。

伤高怀远几时穷？无物似情浓。离愁正引千丝乱，更东陌、飞絮蒙蒙。

嘶骑渐遥，征尘不断，何处认郎踪？

双鸳池沼水溶溶，南北小桡通。梯横画阁黄昏后，又还是、斜月帘栊。

沉恨细思，不如桃杏，犹解嫁东风。

——《一丛花令·伤高怀远几时穷》

从今往后，小尼姑每每登高望远，心中的离别之痛都宛如纷纷扰扰的柳丝，以及东街上乱飞的白絮那般，令人心烦，使人惆怅。

她叹了口气，道："这世间万物，再没有什么比爱情更浓烈了吧？"

回想起张先离去的那一幕，他骑上马儿，渐行渐远，一路征尘，她却再也无法知道他的行踪了。

眼前的池塘里，依旧是春水融融，里面的鸳鸯在纵情嬉戏着，让小尼姑又想起了张先驾着小船，悠然往返于阁楼的日子。

那时候，她夜夜放下梯子，两个人在阁楼中相偎相依，不害怕任何人的非议，也不畏惧任何人的阻拦。

可如今呢？斜月帘栊如旧，却独独没有了他的身影。

相思相离，与其这样，小尼姑心想，自己还不如那桃花和杏花，知道及时嫁与东风。

就这样，一场挑战世俗的爱情，没有等来圆满的结果，却换来了张先的一首千古流传的《一丛花令》。

不知道小尼姑后来是否读到过张先的这首词，但可以肯定的是，欧阳修读到了。

那时候，两个人都还没有考中进士，谁也不认识谁，直到读到张先的这首《一丛花令》，欧阳修才连连感叹，这么个有才有趣的人物，自己居然不认识？

真是可惜、可惜。

然而张先是个极爱交朋友的，听说了欧阳修对自己词作的表扬后，一个偶然的机会，他便主动登门拜访了。

那天，听到下人通传说是张子野来访，欧阳修激动得连鞋子都没有穿好就直接跑出去见张先了，嘴里还脱口而出："啊呀，这就是'桃杏嫁东风'郎中哇！幸会！幸会！"

于是乎，因为一首词，一段情，张先便有了一个响亮的雅号——"桃杏嫁东风"郎中。

三

"哎呀，那不是名妓谢媚卿吗！"

城南玉仙观道，香烟袅袅，人群中却忽然有人高声喊了这么一句。

听见这话，人群里的男人们纷纷转头，好奇的女人们也忍不住跟着男人们的视线，一起寻找着这位所谓名妓的身影。

只见，一辆宝马香车缓缓在尘雾中停在了门口，一个梳着双髻，身着薄衫的女子出现在众人眼前。

众人都晓得她的身份，以为她必是满头珠翠、浓施粉黛，但眼前的女子铅华尽洗、素雅端方。

“果真是佳人也。”站在人群里的张先喃喃道。

就这么一眼，他已经完全被眼前这位名妓的气质给迷住了。

他是个风流多情种，又擅长词曲，一首《谢池春慢·玉仙观道中逢谢媚卿》便轻轻挥就，记录了他与这位名妓的初相见：

缭墙重院，时闻有、啼莺到。绣被掩余寒，画幕明新晓。朱槛连空阔，飞絮无多少。径莎平，池水渺。日长风静，花影闲相照。

尘香拂马，逢谢女、城南道。秀艳过施粉，多媚生轻笑。斗色鲜衣薄，碾玉双蝉小。欢难偶，春过了。琵琶流怨，都入相思调。

多情的人，最是情痴。

自从见到谢媚卿之后，张先便情根深种，日思夜想，满脑子都是那天初见她的情景。

她一定是自高墙深院中而来，一路伴着莺歌燕舞，来到城南的。

那天，春光明媚，柳絮漫天，不知道要飞往何处。

她走过的路上，青草平整如剪，春水宽阔邈远，春风慵懒，春花灿烂。

水里倒映着花的艳影，也倒映着她美丽的脸庞。

她不着一丝粉黛，却比任何粉黛都要秀美，鬓发如云，美不胜收，让人一见，便难以忘怀。

可惜，春天越来越远了，就好像她也离开了一样。

远方传来一阵琵琶音律，声如流水，却是流不尽的哀怨相思。

好在那天之后，与张先惊鸿一瞥的谢媚卿，其实也对他心生了仰慕。

一个是佳人名妓，一个是风流才子，相思为媒，天然便是一段风流佳话。

经人介绍后，两个人终究还是认识了。

金风玉露相逢，便胜却无数。

自此，张先的词名便越来越盛了。

当然，他的风流也是如此。

四

关于张先的容貌，历史上没有留下相关的记载，但可以肯定的是，张先的才华一定货真价实。

有一次聚会，一个客人这样问张先：“听说别人都称呼你为‘张三中’啊。”

张先好奇，问：“何为‘三中’？”

客人回答：“‘张三中’，即心中事、眼中泪、意中人也。”

这一句其实取自张先之前写过的一首词——《行香子·舞雪歌云》：

舞雪歌云，闲淡妆匀。蓝溪水，深染轻裙。酒香醺脸，粉色生春。更巧谈话，美性情，好精神。

江空无畔，凌波何处。月桥边，青柳朱门。断钟残角，又送黄昏。奈心中事，眼中泪，意中人。

日暮时分，断钟残角，词的主人公想到自己的意中人，却无法与之相恋，失落、哀伤之情，皆化为了一个无声的“奈”字。

这个奈，是虽然心有不甘，但无可奈何。

伤心至极，主人公已泪水盈眶，却还是痴心不改，依旧深深爱恋着，想念着意中人。

一句“奈心中事，眼中泪，意中人”真是画龙点睛，神来之笔，难怪这首词能够大卖，客人要称张先为“张三中”了。

听了客人的这番夸赞，张先心里很是得意，不过还是反问说：“这‘三中’不假，但以我的观点，何不如称我为‘张三影’？”

这下轮到客人懵蒙了。

“这‘张三影’又怎么讲呢？”

原来，张先还有三首词，是他自认的平生得意之作。

这第一首曰《天仙子》：

水调数声持酒听，午醉醒来愁未醒。送春春去几时回？临晚镜，伤流景，往事后期空记省。

沙上并禽池上暝，云破月来花弄影。重重帘幕密遮灯，风不定，人初静，明日落红应满径。

月色冲破云层，洒下皎皎清辉，为随风摇曳的花丛勾勒出点点清影，一个“弄”字，更是写尽了花朵顾影自怜的淡淡哀愁，意境绝佳。因为这一句，后来宋祁也模仿欧阳修，送了他一个“‘云破月来花弄影’郎中”的雅号，可见这一句在词坛的分量之重。

第二首为《归朝欢·双调》：

声转辘轳闻露井。晓引银瓶牵素绠。西圜人语夜来风，丛英飘坠红成径。

宝猊烟未冷。莲台香蜡残痕凝。等身金，谁能得意，买此好光景。

粉落轻妆红玉莹。月枕横钗云坠领。有情无物不双栖，文禽只合常交颈。

昼长欢岂定。争如翻作春宵永。日曈昽，娇柔懒起，帘押残花影。

最后这句的“娇柔懒起，帘押残花影”当然就是第二“影”。

朝阳初升，晨光逐渐明亮，慵懒娇柔的女主人公还有些困意，挣扎几次仍然不愿意起床，门帘低垂，晨光将帘外已经凋落的花木的影子投射在帘子上，而帘子上细细的竹篾又将花木的影子切断，让影子看上去既似细密相连，又似微微相离，真是如梦似幻，柔美朦胧，将“花影之残”写得极富情韵。

第三首是《剪牡丹·舟中闻双琵琶》：

野绿连空，天青垂水，素色溶漾都净。柳径无人，堕絮飞无影。汀洲日落人归，修巾薄袂，撷香拾翠相竞。如解凌波，泊烟渚春暝。

彩绦朱索新整。宿绣屏、画船风定。金凤响双槽，弹出今古幽思谁省。玉盘大小乱珠迸。酒上妆面，花艳眉相并。重听。尽汉妃一曲，江空月静。

“柳径无人，堕絮飞无影”便是第三“影”。

这句乍一眼似乎平平无奇，但其实越是平淡的写法，越能凸显作者的功底。行人眼见柳絮在微暗的树荫中飞舞着，轻盈飘忽，但看那地面，却没有一点柳絮的影子，“无影”二字，传神地点出了柳絮灵动、飘忽无踪的情状，别有一番趣味。

张先将自己的这三首词如此这般“炫耀”一番后，客人还没等听完，人都要傻在那里了。

这也写得太妙了。

“好好好，张先生善用‘影’字，这‘张三影’确实比‘张三中’更加贴切。”

客人回答，心服口服。

于是，张先“张三影”的江湖名号就此横空出世，如雷贯耳，直逼秦、柳。

五

“你这小子，天天就知道谈恋爱，吟词唱曲，词倒是写得不错，可这科考的文章，你也得读一读啊！”

被念叨的当然还是张先，念叨他的正是他那上了年纪的父亲张维。

人上了年纪，年轻时未能满足的愿望带来的遗憾之感就越强烈，所以张维现在恨不能第二天就看到张先考中进士、光耀门楣的日子。就是可惜张先这小子，小时候表现得还不错，现在长大了，日日就知道跟姑娘们厮混，词名倒是有了，可这功名遥遥无期，给个张维急的呦。

心急吃不了热豆腐，等吧，张维索性也摆烂了，他就想看看，这小子到底要玩到啥时候才肯回归正道。

没想到，张维能等，张先更不着急了。二十年光阴如梭，他就这样混迹词坛、拈花惹草，磨磨唧唧直到四十岁才终于考了个进士。

但无论如何，张先好歹是听张维的话，成功上岸，再不用在父亲这里啃老了。

一把年纪的张维比儿子还要高兴，几十年了，他辛苦培育的娃，总算是给他，给张家争了一口气。

这一年，张先四十岁，但和他同榜进士的欧阳修，才不过二十岁出头，不知道两个人碰面时，张先心里作何感念。不过，以他文艺浪漫、自信潇洒的个性，大概率是不会有任何感想的，唯一的感想估计就是："哎呀，欧阳修这小子看上去不错，以后有机会定要和他喝一顿，唱和一番，一定是人间快事！"

两年后，张先被任命为宿州掾[1]，一待就是八年，安安稳稳。

八年后，他终于升任为吴江知县秘书丞，第二年又升任了嘉禾判官。

这一干，又是九年，依旧是风平浪静。

可见，张先在仕途上并没有多大的抱负，他唯一的夙愿，就是好好锻炼身体，好好谈恋爱，好好写词，好好享受生活。

说到底，他骨子里是个不折不扣的文人，没有半点儿政治家的野心。

好好搞文艺就已经足够了，位极人臣、纵横捭阖啥的，他干不来，也不想干。

相离徒有相逢梦。门外马蹄尘已动。
怨歌留待醉时听，远目不堪空际送。
今宵风月知谁共。声咽琵琶槽上凤。
人生无物比多情，江水不深山不重。

——《木兰花·和孙公素别安陆》

[1] 原意为"佐助"，后引申为副官佐、官署属员等的通称。

在他心里，富贵功名，不过都是浮云，唯有“情”之一字，才是人间真义。

如果红尘是情天孽海，他情愿在红尘里轮回，一遍又一遍。

六

“咦，晏大人，今天怎么没见到您那位美丽的姬妾？”

皇祐二年（1050年），张先终于又有了工作调动，而且这次的工作张先还十分满意，因为这次，富贵词人晏殊知任永兴军，而他的新工作，就是在晏殊手下做通判。

都说文人相轻，但张先不是，他热爱一切和他一样热爱词作的人物，哪怕这人是他的上司。

而晏殊这位上司，虽然看不上柳永，却对张先很是喜爱。两个人经常没事就坐一起喝喝小酒啥的。

这时候，晏殊刚好得了一个美丽的侍妾，很是宠爱。每一次张先来的时候，晏殊就把这个侍妾叫出来陪酒，还让侍妾当场演唱张先的词作。如此一来，张先得意，侍妾高兴，晏殊自然也很快乐，唯一不快乐的，就是不在场的第三人——晏殊的夫人。

在晏殊和张先看来，他们诗酒相和，美妾为伴，乃是无上的乐事、雅事，可在晏殊的夫人看来，就是晏殊独宠侍妾，忽视了夫人，破坏了家庭和谐。

所以，这一次，张先再来到晏府的时候，席间已经不见了那名侍妾，而他的上司晏殊更是愁眉紧锁，一脸惆怅的样子。听到张先询问那名侍妾，晏殊也不答话，只是深深又叹了好儿口气，委屈哀怨之情，简直都够张先写上一箩筐的词作了。

都是男人，张先心里立刻猜出了七七八八，但毕竟对面是自己的上司，上司不开口，他也不好直接安慰，索性就拎起酒壶，与晏殊默默对饮起来。

“别提了，我那夫人见我老是带她来与你喝酒，心下忌妒，觉得我对她专宠太过，跟我闹了好几次……”

几杯热酒下肚后，晏殊终于肯一吐为快了。

“我也舍不得她啊，可我又有啥办法，我那夫人你又不是不知道，任性善妒惯了，夫妻一场，我又不愿意与她闹。”说到这里，晏殊恨恨饮尽一杯酒继续说，“只好由她把她发卖走了。子野啊，恐怕以后咱俩都没机会再聆听她的妙音了。”

宋人多惧内，男人们早都习以为常了，张先亦是无话可说，只能再次举杯，陪晏殊借酒浇愁了。

可是，张先到底是个多情的，最见不得有情人分离。从晏府离开后，他心里比晏殊还不是滋味。

几天后，晏殊估计仍是愁绪未消，于是再次差人叫张先过去喝酒。

这一次，张先没有再多问什么，只说是最近灵感迸发，新作了一首词，要唱给晏殊听。

晏殊如今已是张先的铁粉，听张先这么一说，立刻来了精神。

只见张先起身，负手而立，缓缓念道：

步帐摇红绮。晓月堕，沈烟砌。缓板香檀，唱彻伊家新制。怨入眉头，敛黛峰横翠。芭蕉寒，雨声碎。

镜华翳。闲照孤鸾戏。思量去时容易。钿盒瑶钗，至今冷落轻弃。望极蓝桥，但暮云千里。几重山，几重水。

——《碧牡丹·晏同叔出姬》

在张先的吟咏声中，晏殊听得痴了，眼前仿佛又看到了他那位美丽的侍妾。她的床榻上挂着红色的帐幔，清风徐来，帐幔随风摇曳，摇出了一屋的哀愁。

太阳升起来了，清晨的阳光洒进了屋子，挂了一晚上的月亮缓缓告别了她，不依不舍地走了。但晨雾尚未完全散去，盘桓在她屋前的石阶上，宛如一团忧郁，亦好似散不开的相思。

她点起了一支最爱的檀香，屋子里立刻飘满了香气。似乎有这香气还不足以使她快乐，她又拿出乐器，缓慢地按拍子弹唱了起来，唱的正是她最新创作的歌曲。可弹着弹着，哀伤才下心头，又上眉头。她那如远山一般秀丽的眉毛，此刻不知道是想到了什么，紧紧地皱在一起，宛如西子无二，真是令人心动，又让人心疼。

也不知道过了多久，窗外竟响起了淅淅沥沥的雨声。她听到雨水敲打着芭蕉叶，细碎得令人心烦。

再看她的梳妆台上，镜子早已经蒙了一层厚厚的灰尘，花钿、步摇、金钗、香盒等等一色首饰和化妆用品也已经许久没有打开使用过了。

看到这些，她应该又想起了离开晏府的日子吧。她和这些花钿、步摇、金钗、香盒等，又有什么区别呢？情深意重，却轻易被人冷落和抛弃，所以何必还要梳妆打扮、照镜子呢？

孤鸾照镜[1]，恐怕她会难以忍受这锥心的分离之痛吧。

---

[1] 出自南朝·宋·范泰的《鸾鸟诗》，诗歌的序言中记载，罽宾王结置峻之祁山，捕获了一只鸾鸟，十分喜爱。王想要听这鸾鸟的叫声，但三年来使了各种办法都无法如愿。这时候，王的夫人说："我曾经听说，鸟见到它们的同类后就会鸣叫，所以您不如在鸾鸟的面前置一面镜子，倒映出鸾鸟的影子试试呢？"王听从了夫人的建议。果然，鸾鸟见到自己的影子后，慨然悲鸣，声音响彻云霄，最后奋起一击，撞在笼子上死去了。自此，人们便用孤鸾照镜来比喻失去配偶或者没有配偶者对命运的伤悼。

这辈子她还会再见到晏大人吗?

她摇了摇头，应该是没有机会了吧。

你看那遥远的蓝桥，躲在千里暮云背后，这中间，山重水复，阻碍重重。

真是相思相见无日，留给她的，只有无尽的哀愁。

一曲唱罢，晏殊的脸颊上不知何时早已挂上了两行清泪。

他捡起衣袖，胡乱一擦，对张先叹道："人生行乐耳，何自苦如此！"

第二天，张先就听说他这位上司下令拿钱将这位侍妾又赎了回来。

他推己及人，当然是乐见其成，就是不知道那位晏夫人心里是何滋味了。

七

嘉祐四年（1059年），张先知任虢州，随后又转任郑州安陆，所以又得了个"张安陆"的称号。

到了治平元年（1064年），风流文艺的大词人张先以尚书都官郎中的身份正式退休了。

结束了打工生活后，张先活得更恣意了。

他收拾了自己的垂钓工具，立刻买了张船票跑到杭州、吴兴一带去。每天的安排就是和苏轼、蔡襄、梅尧臣这些个好朋友一起登山交游、吟唱往返，好不惬意。

这天，苏轼和张先又一起泛舟西湖，忽然，一艘彩船从湖中心缓缓驶来，张先虽然年纪大，但眼睛很尖，他一眼就看到那船上有一少女，相貌娴雅，资质恬淡，正在临湖弹奏一曲古筝，曲音哀婉，煞是动人。

于是乎，多情老才子张先又蠢蠢欲动，只待少女弹奏完毕后，与之搭讪，却没想到曲子还没有弹完，少女和彩船就早已漂远了，张先只能失落地看着远方，暗暗惋惜。

苏轼看到张先这失魂落魄的样子，不但没有安慰，反而立刻写了一首《江城子·江景》来戏谑了老才子一番：

凤凰山下雨初晴，水风清，晚霞明。一朵芙蕖，开过尚盈盈。何处飞来双白鹭，如有意，慕娉婷。

忽闻江上弄哀筝，苦含情，遣谁听！烟敛云收，依约是湘灵。欲待曲终寻问取，人不见，数峰青。

不过，这也不是苏轼第一次调侃张先了。

就在前不久，八十岁的张先一大早来到西湖边上等苏轼，一边等一边围着西湖溜达，突然发现前面熙熙攘攘地，围了一堆人。张先凑热闹，也紧走几步，扒开人群要去看看咋回事。

这一看不得了，竟是一个中年男人拉着一个小姑娘在那儿吆喝："卖女儿了，卖女儿了！小女年方十八，容貌姝丽，琴棋书画，无所不通，各位大人，有意的便出个价，价高者得啊。"

男子说这话间，一旁的小姑娘只是低着头，安安静静的，两只衣袖时不时地抬一抬，明显是在偷偷擦眼泪。

张先挤在前排，见这中年男人衣着鲜亮考究，并不像是穷苦的人家，左右一打听，才弄明白原来这男子家境很是殷实，却偏偏染上了赌瘾，好好的一方家产，全部赔了个精光不说，还欠了一大堆的赌债，实在没有办法，只好卖女儿来还债。

"这丫头身段不错，老爷我要了，十两银子够不够？"

众人正议论间，一个地痞模样的男人盯着小姑娘，高声喊道。

中年男子闻言大喜，但还是问周围人说：“还有出更高价的吗？”

听到这里，张先眉头一紧，那地痞模样的人他晓得，正是附近醉红楼的管事，这小姑娘若是被他买了去，以后的日子可就苦了。

张先一向是个怜香惜玉的，何况这小姑娘也确实长得标致，索性，他张开说道：“三十两。”

周围人没有愿意出比三十两更多的，于是，这小姑娘就跟着张先回府了。

一开始，张先本意是将这姑娘买回来做个小丫鬟，干干家务啥的，但没想到的是，这姑娘以前是个大小姐，粗重的活计根本没有干过，张先无奈，又把她调到了书房干书童的工作。

相处了一段时间后，张先发现小姑娘对诗词也有些研究，两个人便一起吟诗作对，打发时光。时间久了，小姑娘对张先的仰慕之情越来越浓，张先察觉后，觉得两个人毕竟年龄差距太大，便也没有主动开口。

直到有一日，张先突然染上了风寒，咳嗽不止，最后连血都咳了出来，吓得家里人都觉得张先估计是要挺不过去了。这下子小姑娘真的急了，她不分昼夜地陪在张先的床前照顾着，只盼望张先能够早点好起来。

或许是小姑娘的诚心感动了上苍，张先的病情终于逐渐好转，两个月后，恢复如初。

这件事让张先看到了小姑娘对自己的情谊，一生浪漫的他，终于还是做了一个大胆的决定：娶小姑娘为妾。

听到这个决定后，家里人以及亲朋好友、街坊四邻当然都很震惊，但张先一点儿也不在乎，只是专心张罗安排婚事。

到了婚礼这天，苏轼等人都前来恭贺，张先高兴，拿起酒杯便道："我年八十卿十八，卿是红颜我白发。与卿颠倒本同庚，只隔中间一花甲。"

新郎官大大方方，自我调侃，众人也就放开笑作了一团。

苏轼则更是妙语连珠，立刻站起来也作了一首诗道：

> 十八新娘八十郎，苍苍白发对红妆。
> 鸳鸯被里成双夜，一树梨花压海棠。
>
> ——《戏赠张先》

众人更是哈哈大笑，一夜热闹。

待宾客散去后，张先独自进得洞房，依然不忘问小姑娘："后悔吗？"

"后悔有用吗？反正我以后可不会跟你生娃娃。"

小姑娘回答得脆生生，可转眼就接二连三给张先添了两男两女。

苏轼听说后，直接挥笔又开始调侃张先："诗人老去莺莺在，公子归来燕燕忙[1]。"

这一次，张先没有跟苏轼嘻嘻哈哈，只是回了一句："愁似鳏鱼知夜永，懒同蝴蝶为春忙[2]。"

他老了，就算身体再硬朗，也没有年轻时的精神头和欲望了。

在死亡的倒计时面前，人需要的只是一个说话的伴而已。

因为死亡或许不可怕，但在寂寞孤独中等待死亡，才最是可怕。

[1] 出自苏轼《张子野年八十五尚闻买妾述古令作诗》。

[2] 宋·叶梦得《石林诗话》里收录的残句。

八

八十多岁的张先这几天忙得很。

他总是想起自己的父亲张维。他翻出了父亲的遗作，精心挑选后，以其中十首诗为题，画了一幅《十咏图》。

这个心愿一了，张先心下轻松了许多。

父亲对他付出了一辈子，赋予了他一身才华，还支持他直到入仕，真的辛苦了。

他倒是一辈子文艺潇洒，快快乐乐。

这幅《十咏图》，就算是要去见父亲时的礼物吧，也或者是留给后人，留给身后这世界的礼物吧。

元丰元年，张先病逝，终岁八十八。

“天不老，情难绝。心似双丝网，中有千千结。”[1]

《宋史》没有为他立传，但他用真情写就的一首首诗词，远比他的风流韵事，更值得我们领略和珍藏。

[1] 出自张先《千秋岁》。

<table>
<tr><th colspan="6">宋词江湖角色表——张先</th></tr>
<tr><td>姓名</td><td colspan="5">张先，字子野。别名，张安陆、张三中、张三影、“桃杏嫁东风”郎中、“云破月来花弄影”郎中</td></tr>
<tr><td>生卒年</td><td colspan="5">990—1078年</td></tr>
<tr><td>江湖身份</td><td colspan="5">北宋时期著名的词人</td></tr>
<tr><td>江湖称号及成就</td><td colspan="5">世称“张三影”；
张先的词与柳永齐名，对词由小令逐渐转向慢词发挥了重要作用。张先以善用“影”字而著名，擅长用工巧之笔来表现朦胧之美，著有《张子野词》，目前存词有一百八十多首</td></tr>
<tr><td>人物评价</td><td colspan="5">陈廷焯：“才不大而情有余，别于秦、柳、晏、欧诸家，独开妙境，词坛中不可无此一家。”</td></tr>
<tr><td rowspan="3">知识链</td><td colspan="5">与张先有关的成语</td></tr>
<tr><td>鸡鸣候旦</td><td>疾风骤雨</td><td>借篷使风</td><td>情有独钟</td><td>落花流水</td></tr>
<tr><td>山抹微云</td><td>暮雨朝云</td><td>相见恨晚</td><td>龙飞凤舞</td><td>云淡风轻</td></tr>
</table>

肆

名满天下的另一种打开方式

南宋.夏圭.松下观瀑

一

“恭喜老爷，是个小公子。”

北宋景德四年（1007年）的六月二十一日，绵州军事推官[1]欧阳观的家中添了一个小男丁。

欧阳观今年已经五十六岁了，老来得子，甚是高兴。

他给儿子取名为欧阳修。修者，原意指美化装饰，后来引申为整治、改造的意思。不知道欧阳观在取名字的时候，是否早已料到，他的儿子未来会成为文坛革新运动的领袖，一改时文的浮靡之风？

不过很可惜，欧阳观没能亲眼见证那个时刻。

大中祥符三年（1010年），欧阳观去世，此时的欧阳修才不过四岁。

孤儿寡母，生活还得继续。母亲郑氏收拾行李，带着欧阳修来到湖北的随州。

他们要投奔的正是欧阳修的叔叔欧阳晔。

或许是血缘带来的天然亲近感，欧阳修一见这位叔父就很是喜爱。父亲去世的时候，他还很小，对父亲的印象也十分模糊，对此，母亲郑氏便告诉他：“修儿，你想要了解你的父亲吗？那就看

[1] 古代官名，唐朝始置。

看你叔父欧阳晔吧。你叔父的长相、言行举止和你的父亲几乎一模一样。”

母亲这么一说，欧阳修对叔父就更加亲近了。

欧阳晔为人正直，虽然在随州做了二十多年的推官，但因为廉洁自持，所以家境也不是很富裕，在经济上能够为欧阳修母子提供的帮助也不多。

好在母亲郑氏是受过教育的大家闺秀，知书达理，在欧阳修长到需要识字的年纪后，郑氏就开始想办法了。

家里贫寒，买不起昂贵的笔墨和纸张，要怎么教修儿学习写字呢？

在河边洗衣服的郑氏，一边洗一边在心里琢磨着。这时，一阵清风吹来，河边芦苇飘荡，激发了郑氏的灵感。

“对啊，买不起笔墨纸砚，免费的沙子和荻草秆[1]这不是有的是！”想到这里，郑氏高兴极了，衣服也不洗了，立刻擦擦手，把一旁玩耍的欧阳修拉到身边。

她铺沙为纸，以荻草秆为笔，一笔一画开始教欧阳修认字。

她先是横着画了一道，告诉欧阳修：“修儿，这个就是‘一’字，唯一的‘一’。”

接着，又在下面加了一道说：“‘一’下面再添一个横，就是‘二’……”

郑氏不厌其烦地教着，而小欧阳修也很是听话，跟着母亲一个字一个字地学习，反复练习，写错了就擦掉重新写，直到写对、写得工整为止。

欧阳修本就聪明，再加上勤奋刻苦，很快就认识了很多字。

---

[1] 即芦苇。

不知不觉，欧阳修就长到了十岁。他求知若渴，家里贫穷买不起书，他就常常跑到家中藏书多的邻居那里借书来读。邻居们都知道欧阳修这孩子聪明好学，又怜悯郑氏独自一人带孩子不容易，所以谁都没有拒绝过欧阳修的请求，而欧阳修也很珍惜这样的机会，每借到一本书，他都会立刻认认真真地拜读，然后抄录下来或者背熟于心。

就这样，日复一日，在母亲和书籍的陪伴下，小小的欧阳修转眼就长成了二十出头的小伙子，还是十里八乡顶有名的学霸。

“母亲，是时候了。”这天晚饭后，欧阳修信心满满地对母亲说道。

郑氏眼眶微润，爱怜地摸了摸修儿的脑袋。

“既然准备好了，就去吧。母亲永远支持你！”

第二天，欧阳修拜别母亲，踏上了他的科考之路。

二

欧阳修依稀记得，十二岁那年的一天，他错过了进城的时辰，只好厚着脸皮，哀求守城的老兵说：“老伯，学生因为一些事情意外耽搁了时辰，能不能烦请您老人家开门放我进城，我还要赶回去照顾家中的母亲。”

说话间，欧阳修已经向老兵多次行礼，老兵见他如此谦恭，便说：“你既然自称是学生，那老头儿我可要考一考你，你若是答得上来，我便放你进城，若是答不上来，便休要多言。”

“好，老伯您请出题吧。”欧阳修信心满满地回道。

老兵摸了摸胡须，说：“我出一联，你来对。听好了，我这上联是‘开关早关关迟放过客过关’。”

“这个不难。”，欧阳修稍加思索，便对了上来，“出对易对对难请先生先对。”

“好好好，你这孩子，果然是有真才实学的，将来肯定会有大出息，赶紧进城去吧。”老兵笑了笑，打开了城门。

从那时起，老兵的祝福就落在了欧阳修的心里。如今，科考初始，他一遍又一遍地在心里鼓励自己：“一定可以的，欧阳修，你一定可以的！”

令欧阳修万万没有想到的是，虽然他辛辛苦苦准备了多年，但前后两次科考，他都未能上榜！

这是为何？

思来想去，欧阳修觉得还是应该阳光心态，从自身找原因。

于是，他和母亲商量了一下，决定外出游学，继续进修。

幸运的是，在游学中，他遇见了恩师胥偃。在胥偃那里，欧阳修进步神速，不到一年的时间，就连中三元[1]，到了尖子生比拼的殿试环节后，虽然未能获得状元，但也名列前茅，成绩斐然。

一个出身贫寒的孩子，仅靠母亲和自学，以及短暂的名师点拨，就高中进士，正式跻身公务员行列。这是多么厉害的学习和领悟能力！

这是宋仁宗天圣八年（1030年）的三月，甲科进士欧阳修被朝廷任命为西京推官，开启了他的仕途生涯。

[1] 欧阳修一年内连登监元、解元和省元三元的榜首。

三

初入职场的六年时间里，欧阳修的日子过得还算顺遂。

他陆陆续续认识了很多有才能的人物，有事没事就聚在一起，吟诗作对，纵论时事。

“要我说，咱们就应该发起一场改革运动，好好调整一下这文坛的风气。文章天下事，浮靡之风万万是要不得的！”

宴席间，年轻的欧阳修慷慨激昂地对众人说着。

“那依欧阳兄之见，咱们若要推进革新，应该以什么为标杆呢？”有人忍不住问道。

“哎，那你可问到点子上了。我们的革新，不是为了新而新，而是要纠正写文章的风气。所以我觉得，我们应该首先推行古文运动。”

欧阳修顿了顿，继续说：“在下十岁的时候，就拜读了唐代韩愈先生的《昌黎先生文集》，当时就十分震撼，我们要革新，就应该学韩愈先生，大力提倡古文。”

“当然了，咱们推崇古文，也不是盲目的，而是要取其精华，文道并重……”

欧阳修锋芒毕露，说起自己的主张来滔滔不绝，一旁听的人只有点头称赞的份儿。

其实，在此之前，苏舜钦等人也都曾经想过要创作古文来进行文风的革新，但无奈自身笔力不胜，最终没有能够如愿。而欧阳修是斗志昂扬的，他坚信，凭借自己的胸中墨、手中笔，他定然可以在北宋文坛上，闯出一番新的天地来。

事实上欧阳修也的确做到了，他说干就干，立刻着手开始对《韩愈文集》进行了校订和补缀，以作为“新古文运动”的第一手参考资料，而他自己更是以身作则，主动放弃了骈体文，一心一意扑在新古文文体的创作上。

景祐元年（1034年）的时候，欧阳修自洛阳调任返回开封，担任馆阁校勘一职，相当于国家图书馆的工作人员。在此期间，他笔耕不辍，写出了《洛阳牡丹记》等文章，篇篇皆是文风古朴、严谨实用、文以载道的经典之作，而“欧阳修”这个名字也随之被越来越多的人知晓。

四

就在欧阳修信心大增，准备继续写几篇文章，再给新古文运动添把火的时候，朝堂上出事了。

这一年，是景祐三年（1036年），同样主张改革的范仲淹扔出了一幅《百官图》，并连上四道奏章，直截了当地批评弊政，讽刺宰相吕夷简，他因此被罢黜，从开封府改知饶州。

范仲淹耿直勇猛，得知此事的官员都纷纷向宋仁宗奏陈，希望官家放弃贬谪范仲淹的决定，但就有那么一个人，偏偏和众人唱起了反调。

这个人就是左司谏高若讷。

“劳烦通禀，就说是欧阳永叔前来拜会他高司谏。”

谏院外，欧阳修眉头紧锁，两只手恨恨地搭在腰带上，扬声对门口的仆从说道。

“我们高司谏今日有公务在身，不方便见客。”仆从客气地回答。

但欧阳修并不客气："噢，那他就是在了！"

说完径直进院去了，仆从阻拦未果，只好连忙交代远处其他小厮："快，快去禀报高司谏。"

那边，高若讷正若无其事地坐在办公桌前，嘴里刚刚还在评论着范仲淹："这范仲淹竟然敢妄议宰相用人，我看他就是咎由自取。"

"背后诋毁他人，高司谏，这可是君子所为？"

欧阳修从门外走过来的时候早就听见了，此刻更是推门而入，紧盯着高若讷厉声问道。

"没有通报，欧阳修，你竟然胆敢擅闯谏院！"

欧阳修冷哼一声，心想：老子今天闯的就是你这谏院，要骂的就是你这谏官高若讷。

"呵呵，我平日里听高司谏好似是明辨是非，常常高谈阔论，还以为您真是位正人君子呢。可如今范公被贬，你身为谏官，不但在朝堂上胡说八道，私底下还要诋毁人家，真是让我大开眼界！"

"大胆！是他范希文不好好管理他的开封府，却对官员任免胡乱发表议论，越职言事……"

"越职言事？官员任免全部都是宰相一个人说了算，这本就是祸端无穷，范公所言，何错之有？何来越职？倒是你，身为谏官，难道不知道这个道理吗？"

欧阳修步步紧逼。

高若讷一顿，说："我不知……"

"不知就是失职！"欧阳修立刻驳道，"知而不言，便是苟且偷生、惧怕宰相。你如今一个失职的谏官，竟然还能毫无愧色，昂首挺胸地坐在这里非议范公，真真是君子之贼！"

"君子之贼？我是君子之贼？"高若讷闻言立刻站了起来，梗着身子喊道，"他范希文危言耸听，他才是我们大宋的国贼！我是仗义执言！"

“你可拉倒吧！范公平时为人刚正不阿，如果他真是大宋国贼，当初官家任命他的时候，你身为谏官为何没站出来说话？”

“当初……”高若讷想要反驳，无奈欧阳修是个擅长骂架的，根本不给高若讷机会。

只听欧阳修继续骂道：“你身在此位而不言，还妄称谏官，每天冠冕堂皇、人模狗样地进出这谏院，你有脸面对同事，面对天下供养你的百姓吗？我看，你是根本就不知道这世上还有‘羞耻’这两个字！”

“欧阳永叔！”这下子高若讷是真的被气到了，老脸煞白地说，“你到底想要怎么样？他范希文已经被贬到饶州去了，怎么你是也想尝尝这贬谪的滋味不成？你如此反应，莫不也是他范希文的朋党走狗！”

“哼，我欧阳修若是怕被你这种人扣上‘朋党’的帽子，今天就不会进你这谏院！”欧阳修说着“啪”地将一叠文书摔在了高若讷的桌子上，头也不回地便走了。

高若讷将那文书展开一看，好家伙，当面骂他还不够，欧阳修居然还提前写了一封信，洋洋洒洒地把他骂了个千百遍。

真是，好一个欧阳修！

不过，骂归骂，欧阳修自然也知道自己这么做的代价。高若讷必然会将他写的那封信交给宋仁宗，而那位官家，就是不处死自己，为了平息事端，也得把他贬出开封。

果然，宋仁宗最后决定，欧阳修贬为夷陵县令。

五

虽然结局被贬，但经过此事，欧阳修也算是“一骂成名”，据说，那封《与高司谏书》还被题在了辽国燕山馆的墙壁上。

十月，欧阳修到了夷陵（今湖北宜昌）。

朝堂的纷争没有影响他的雄心壮志，相反，他觉得这次被贬或许是一个磨砺自己基层执政能力的好机会，所以便暗下决心，一定要在这里好好干出一番成绩。

这天，他闲来无事，便突发奇想，将县衙以前所办理过的一些案子的卷宗全都搬了出来，一一开始复盘。不复盘不知道，一复盘吓一跳。欧阳修发现，就这么一个偏僻的小县城，所涉及的案子里违法曲断、是非颠倒的就数不胜数。

“夷陵如此，全国也就可想而知了。”欧阳修心道。

从这天起，欧阳修便养成了一个好习惯，凡是他经手的案子和事务，他都很认真地对待，从来不敢有半点儿疏忽。有时候一些文人朋友来找他，他与他们聊天，也很少再闲谈文章，而是常常围绕官吏治事来进行讨论。

他对朋友说：“好的文章有时候只能是滋养自身的思想，但政事的好坏却直接关系着老百姓的切身利益，所以，‘周达民事，兼知宦情’是我必须尽到的责任。”

就这样，这几年从夷陵到乾德，欧阳修的官声一直都很不错。

康定元年（1040年）初的时候，范仲淹被升任为陕西经略安抚副使。或许是感恩于当年欧阳修的仗义执言，他向欧阳修抛来了橄榄枝，希望欧阳修可以出任自己的掌书记。但欧阳修想了想，还是笑着推辞：“范公，我昔日所为，可不是为了今日给自己谋私利。我们两个人，可以同退，却不可以同进啊。”

君子以义相聚，相交如水。他不接受范公的邀请，既是保护自己，亦是保护他。

因为在基层表现良好，到了六月，好消息传来，仁宗下令，欧阳修官复原职，继续担任馆阁校勘，负责编修《崇文总目》。

到了庆历元年（1041年）年底，《崇文总目》编成了，欧阳修也成功升职加薪，改任了集贤校理，两年后，又兼掌谏院。

可能是这段时间里，无论是朝廷的人事变动，还是治国理政的方略，宋仁宗都会询问欧阳修，对他的偏爱表现得过于明显，一些反对欧阳修发起改革措施的人，开始坐不住了。他们想来想去，没有找到其他合适的栽赃理由，于是，“朋党说”便又被搬了出来。

他们说，当年欧阳修为范仲淹等人陈情，不惜受牵连，如今几个人都在朝中被宋仁宗委以重任，互为朋党，实在不能不有所警惕。

朋党之事一直都是宋仁宗作为帝王的一根最敏感的神经，保守派也是深谙这一点，所以他们得意洋洋，准备看欧阳修的笑话。

这天，欧阳修再次觐见宋仁宗的时候，宋仁宗果然看似随意地问道：“朕听说小人才会结党，那么，君子也会吗？”

欧阳修多聪明啊，立刻听明白了宋仁宗是啥意思。他欧阳修可不是什么软柿子，不会任由保守派那帮人拿捏。只见他不慌不忙，挥笔而就，当下就完成了一篇《朋党论》呈给宋仁宗作为答案。

在这篇《朋党论》里，欧阳修这样写道：

……大凡君子与君子以同道为朋，小人与小人以同利为朋，此自然之理也。

然臣谓小人无朋，惟君子则有之，其故何哉？小人之所好者，禄利也；所贪者，财货也。当其同利之时，暂相党引以为朋者，伪也；及其见利而争先，或利尽而交疏，则反相贼害，虽其兄弟亲戚不能相保。故臣谓小人无朋，其暂为朋者，伪也。君子则不然，所守者道义，所行者忠信，所惜者名节。以之修身，则同道而相益；以之事国，则同心而共济，始终如一，此君子之朋也，故为人君者，但当退小人之伪朋，用君子之真朋，则天下治矣。

他说，小人并没有朋党，小人是以利相聚，也必然要因为利益纠葛而散伙，而君子们坚守道义，爱惜自身名节，如果能够在一起，也必然是因为可以共同进步，一起搞事业才结为朋党，这样的朋党是坚固的，始终如一的。如果天下都是这样的朋党，那么离理想社会也就不远了。

如此这般一番辩驳后，保守派们攻讦欧阳修的说辞，反倒成了对他的美誉，这口才是真的绝。就连宋仁宗看后也只能满意地点点头说："欧阳爱卿这张嘴啊，真是抵得上千军万马。"

六

刚从河东出使回来的欧阳修，几乎连水都没顾得上喝，就又被宋仁宗叫进了宫里。

"欧阳爱卿，这次朕调你去保州，本也是意外，你不用在那里做久留的打算，你想说什么，还是可以说的，你敢于说话，这是最难得的，朕希望你可以保持这一点。"

宫内，宋仁宗言辞恳切地对欧阳修说。

“官家，臣当谏官的时候，是必须直言论事的，可如今我的职务已经有所变动，不在其位便不得谋其政，否则，便是臣之罪过了。”

“哎，不用管这些，你只管提建议就好，无论是朝中还是在地方，朕爱听你说话。”

听了这一句，欧阳修不禁感动于五内。得明君如此，就算他欧阳修要暂离中央，改革应该也仍然会继续下去的吧？

应该会的，他是臣子，应该信任官家。

这样想着，欧阳修便又奔河北去了。

面对兵变，朝廷一开始发出公告，称叛乱者只要肯投降，便不会杀头。但等叛乱者真正归顺，叛乱平息之后，朝廷还是下令诛杀了，最后只剩下了两千人，因为都是被迫参加的，朝廷便下令将这些人交由各郡去视情况进行处理。

“欧阳兄，这剩下的两千人，我恐怕留着会另生变故，不如还是同一天全部杀掉得好，你认为呢？”

说这话的是宣抚使富弼，这天，他特意约了欧阳修在内黄见面，等到了大晚上才屏退周围的人，告诉欧阳修他这个想法。

其实也不能怪富弼狠心，如果他真的狠心，就不会特意找欧阳修商量了。一方面是政治正确、地方稳定，另一方面则是活生生无辜的两千条人命，他富弼的心也是肉长的，决定难下啊！

“富兄，你只是担心这些人会另生变故便要全部杀掉，但你有没有想过，真正的祸乱恰恰来自杀掉投降的人啊！那些个已经被诛杀的人是朝廷的命令，我们都没有办法，可这两千人都是被迫参加的，你想想，还能再杀吗！”

听到富弼的想法，欧阳修真是痛心疾首：“如果你当真杀掉这两千人，各郡又明知朝廷并没有下这样的命令，这就是你自作主张，只要有一个郡不服，那这好不容易才控制住的平稳局面可就没了，到时候，还不知道又要出什么样的乱子，这个风险，咱们承受得了吗？”

“哎呀！是了，欧阳兄，我真是一叶障目，幸亏来与你商量，不然就真的闯下大祸了！”富弼听完，连连向欧阳修叹道，终是放弃了诛杀这两千人的想法。

欧阳这边修忙着安抚叛乱，朝廷那边也是一刻没闲着。

欧阳修这个硬钉子一走，保守派立刻又开始活动了，结果就是欧阳修这边还没有结束任务回去，朝廷的改革就宣布失败，主张改革的杜衍、范仲淹等人又被以朋党之名贬出开封了。

消息传到河北，欧阳修真是气不打一处来。想起临走时官家那番言辞恳切的话语，他立刻拿出纸笔，给宋仁宗写信。

这封信大致意思如下：

官家，天下人都只知道杜衍等人是您曾经信任的人，而且都是有治国之贤者，并没有听过他们有什么值得被罢黜和外放的罪过。自古至今，小人们只要想残害忠良，要么就是诬陷贤良者为朋党，要么就栽赃大臣专权，以达到打击一片的目的。如今杜衍等人被外放，朝中奸佞皆弹冠相庆，而四邻蛮夷也喝倒彩，看我们的笑话。官家，我是真的为朝廷失去这些人而感到可惜啊……

这封“忘身报国”的信寄给宋仁宗之后，未等宋仁宗反应，保守派的一众奸佞都要恨死他了，心道：这个欧阳修的嘴这么厉害，朋党说奈何不了他，不如……

七

开封府，一个妙龄女子正悲戚戚跪在堂上，而她身后站着的正是她的舅父欧阳修。

“民女张氏，是欧阳修的外甥女，我……我父亲去世得早，母亲带着我投奔舅父欧阳修，可谁知道，欧阳修表面上一身正气，背地里不仅趁机侵占我们家的田地财产，还……还逼迫民女与他行苟且之事……”

欧阳修看着眼前的外甥女，简直不敢相信自己听到的话。

她是他的妹妹小欧阳的女儿，妹夫去世后，妹妹无依无靠带着女儿张氏来投奔他，他心疼妹妹，将她和张氏留在身边抚养，张氏到了合适年龄后，他还主动做媒，将她嫁给了自己的远房侄子欧阳晟。

本是一桩美好婚事，但不知怎的，张氏和欧阳晟合不来，竟然和仆人陈谏私通，结果被人告发。

好巧不巧的是，审理张氏的这位“大人”杨日严，曾经被欧阳修弹劾贪污受贿，如今张氏落在他手里，他自是不会放过这个反咬欧阳修一口的好机会。

也不知道这杨日严是如何对张氏进行威逼利诱的，总之，就变成了今日欧阳修听到的一切：张氏揭发自己“盗甥”，还侵占了她的家财。

“盗甥”，真是好歹毒的罪名。

一时间，关于欧阳修的非议如雪片般飞进了宋仁宗的朝堂。宋仁宗自然也明白这不可能是真的，一再向百官表明自己的态度，但欲加之罪，何患无辞，判官们又拿出了所谓的“证据”——欧阳修早年写过的一首词《望江南·江南柳》：

江南柳，叶小未成阴，人为丝轻那忍折，莺嫌枝嫩不胜吟，留着待春深。

十四五，闲抱琵琶寻。阶上簸钱阶下走，恁时相见早留心。何况到如今。

一首以物拟人，歌颂初春美景的无心之作，竟然可以被有心人解读为淫邪之意，欧阳修一再辩驳，却终究是越描越黑。

真的是造谣一张嘴，澄清跑断腿。

欧阳修很清楚，这不可能是张氏或者杨日严一个人的主意，这是一场蓄谋已久的政治斗争。

斗争的结果，就是本以为很快就能够从河北回朝的欧阳修，却被贬去了滁州。

滁州，唐人韦应物口中“春潮带雨晚来急，野渡无人舟自横”的地方。

朝廷已经如此令人失望，离开这个漩涡，到地方去做些实事，或许对欧阳修来说，也是一个不错的选择。

八

知滁州两年，欧阳修“为政宽简”的名声越来越响。

这是他一直以来坚持的治理原则。

有人问他：“您为政虽然宽松简易，又不扰民，但应该要做的事情却一点儿也不耽误松弛，这是为什么呢？”

欧阳修笑一笑，回忆起母亲曾给他讲的一番话。

他早年失去父亲，母亲便常常将父亲生前的一些事迹讲给他听。

母亲说：“你父亲当年做官，经常大半夜的还要点着蜡烛办理公文事务，却又一边做一边叹气，我就问他什么事这么让他心烦，你父亲就回答说是在办理一起死刑的案子，他想要努力保全这名犯人的性命，但没有找到值得保全他的理由。所以我就好奇啊，这种犯人还需要他绞尽脑汁为其寻求生路吗？但你父亲说，他拼尽全力寻求保全犯人的正当理由，如果找不到，那么他和犯人也都没有遗憾了。可就算他这样努力，却还是会经常失误造成不该被处死的人被处死，更不要提这世上更多的是一心为犯人寻死路的官员了。你父亲就是这样一个人，也经常拿这些话去教导其他的子弟们，久而久之，连我都能倒背如流了。”

这件事一直被欧阳修记在心里，所以每次到地方任职的时候，他都会以父亲的教诲为标准去行事。

他告诉提问的人：“为政宽简并不是放纵无度，也不是啥都不管，把必须做的事省略掉，那样是要坏事的。我所主张的宽简，只是不做急迫苛刻的事情，不去无谓地扰民罢了。”

到滁州以后，欧阳修才发现，这的确是个好地方，四时好景不同。有僧人在山上建了一座亭子，他没事的时候，就和人一起来这亭子里喝酒赏景，可惜他酒量不行却贪杯，常常一喝就醉，所以干脆给自己取了个“醉翁”的称号，而这亭子，就成了“醉翁亭”。

不仅如此，文采飞扬的欧阳修还写了一篇《醉翁亭记》，流传千古。

但其实，这时候的欧阳修也不过四十多岁，正当壮年，一篇看似写尽了官民同“乐”的《醉翁亭记》，又如何不是颓然于山水之间，聊发寂寞的证明呢？

九

至和元年（1054年）的夏天，时隔十一年后，欧阳修再次进宫，见到了他的官家宋仁宗。

十一年，人生有多少个十一年啊！

他仿佛还记得他离开时的那次见面，官家让他速战速决，不必在河北做长久的打算，可是……终究是造化弄人。

自滁州起，他兜兜转转在地方踏踏实实干了十一年，中间还遭遇了母亲的离世，当年意气风发、天不怕地不怕的欧阳修，如今，也不再是当年的风光了。

曾经主张改革的几个人里，欧阳修是最小的，可他也已经老了，而范公范仲淹，都已经告别了这个世界。

不过，老是老了，可他依然襟怀磊落。

看着早生华发的欧阳修，宋仁宗很是关心，连加抚慰。他听说，欧阳修这些年在地方表现颇佳，民间甚至给他起了个外号——“照天蜡烛”。

或许，应该把他调回中央了。

虽然保守派强烈反对，但仁宗这次坚决把欧阳修留在身边，还将他升为翰林学士，让他修撰《唐书》。

嘉祐二年（1057年），欧阳修得以主持礼部进士考试。他发现，当时莫名其妙流行一种叫“太学体”的文字，奇涩险怪，便下令凡是以这种文体作答的，一律不予录取。事后，一些追捧“太学体”，喜欢自我标榜的轻浮者还曾经聚众到欧阳修的车马前闹事，就连巡街的士兵都拦不住。但欧阳修不怕，仍然坚持反对这种浮华无意义的文风，久而久之，考场的风气终于改观了很多。

时光匆匆，在翰林院一晃，八年又过去了。

八年，他依然如年轻时那般，知无不言，终于在嘉祐五年（1060年）的时候，升任了枢密副使，次年，又转户部侍郎，参知政事，正式位列宰执。

十

欧阳修已经不记得，这是他第几次上书请求致仕了。

因为直言不讳，他这辈子在朝堂上不知道得罪过多少人，受过多少人的怨恨。

他自然是不怕的，但他也是人，也会感到疲累和厌倦。

他已经六十多了，是个真正的“醉翁”了。

当年保守派泼了他一身“盗甥”的脏水后，他被外放十一年。后来他位列宰执，因为秉持正义，没有为妻子的堂弟薛宗孺所受的弹劾开脱，竟然又被造谣与自己的儿媳妇吴春燕有染。“不根之谤”居然还要来个第二次，欧阳修彻底怒了。

他连上好几道奏章进行辩诬，甚至“期于以死必辨而后止”，最后宋神宗赐下“御札”[1]，并“出榜朝堂”，证明了欧阳修的清白，这件事才终于平息。

但这件事也让欧阳修明白，像他这样过于刚直的人，是不适合

[1] 出自《旧五代史·唐书·庄宗纪八》，意思就是帝王的手诏、书札。

做官的。

自此，他便一心求退，请求退休的报告打了一遍又一遍，宋神宗也只是允许他从参知政事的位子上退下来，改知青州。

直到熙宁四年（1071年），欧阳修才终于得以太子少师的身份致仕，归居在颍州。

“可算退休了。”欧阳修心里一阵轻松。

在朝堂上争斗了大半辈子，如今，他终于可以安安静静过一段属于自己的时光了。

但谁都没有想到，请求致仕竟然只是欧阳修告别这个世界的前奏。

退休不到两年，欧阳修便在家中去世。

这一年，他六十六岁，宋神宗赐他谥号“文忠”。

藏书一万卷，金石遗文一千卷，琴一张，棋一局，酒一壶，还有他这一个醉翁，“六一居士”欧阳修的人生，正式画上了句号。

<table>
<tr><th colspan="6">宋词江湖角色表——欧阳修</th></tr>
<tr><td>姓名</td><td colspan="5">欧阳修，字永叔，号醉翁、六一居士</td></tr>
<tr><td>生卒年</td><td colspan="5">1007—1072年</td></tr>
<tr><td>江湖身份</td><td colspan="5">北宋时期著名的政治家、史学家、文学家等</td></tr>
<tr><td>江湖称号及成就</td><td colspan="5">世称“欧阳文忠”；
欧阳修是北宋诗文革新运动的领袖，主张以韩愈为宗，大力反对浮靡的文风，以文章而名列“唐宋八大家”和“千古文章四大家”之一，著有诗词文集《欧阳文忠公集》和《六一词》等传世，对北宋的文学发展作出了突出的贡献。其为政宽简，在民间亦享有美名</td></tr>
<tr><td>人物评价</td><td colspan="5">王安石：“如公器质之深厚，知识之高远，而辅学术之精微，故充于文章，见于议论，豪健俊伟，怪巧瑰琦。其积于中者，浩如江河之停蓄；其发于外者，烂如日月之光辉。其清音幽韵，凄如飘风急雨之骤至；其雄辞闳辩，快如轻车骏马之奔驰。世之学者，无问识与不识，而读其文，则其人可知。”</td></tr>
<tr><td rowspan="3">知识链</td><td colspan="5">与欧阳修有关的成语</td></tr>
<tr><td>醉翁之意不在酒</td><td>画荻教子</td><td>昂然自得</td><td>倡条冶叶</td><td>儿怜兽扰</td></tr>
<tr><td>嫁鸡逐鸡</td><td>不动声色</td><td>觥筹交错</td><td>春风杨柳</td><td>水落石出</td></tr>
</table>

伍

天选之子晏殊

南宋.萧照.秋山红树纨扇

一

“官家，您确定要赐予他进士出身吗？这孩子可是江南人士啊。”

北宋，景德二年（1005年）。

这天，宋真宗面试了两个特殊的孩子，其中一个孩子名叫晏殊，宋真宗听说，他的祖上可是春秋时期的名相晏子，他自己更是个“神童”。五岁那年，小晏殊就写出了一首《咏松》。

白塔青松古道栖，塔高松矮不能齐。
时人莫讶青松小，他日松高塔又低。

“好啊，小小年纪就学会了托物言志，还志存高远，朕倒是很期待这个孩子的答卷。”宋真宗心中这样想着，不一会儿，宰相寇准就将两个孩子的答卷送了过来。

他迫不及待地展开来看，立刻龙颜大悦，指着晏殊的答卷对寇准说道：“寇爱卿，快，朕要立刻赐这个晏殊进士出身！”

不想，面前的寇准却面露难色。此时的宋廷风起云涌，南北之争如火如荼，作为北方人，寇准可不想这个江南来的晏殊获得皇恩。

所以，他直肠子地提示了宋真宗。但毕竟宋真宗才是老板，而且他见晏殊模样周正，文章又好，正打心眼里喜欢和高兴呢，自己的宰相偏偏在这里说些个风凉话，于是，宋真宗毫不客气地回道："什么江南江北的，大宋子民都是一家，况且我们朝廷选拔人才的标准是什么？唯才是举！那张九龄不也是江南来的吗？"

听了官家的这话，寇准心下了然，也就不再多嘴。

就这样，神童晏殊，顺利进入了进士行列。

二

几天后，晏殊再次进宫，来到宋朝的崇政殿里。

这一次，他要和其他一千余进士共同参加殿试。

让他没有想到的是，殿试的试题竟然和自己前不久刚刚练习过的试题一模一样。这可怎么办？

押中考题，这种事要换其他人身上，肯定早就悄悄在心里乐开了花，可晏殊不一样。

他虽然出身普通，老爹只是抚州衙门一个读书不多的老吏，但在老爹从小的监督和培养下，晏殊不仅才思敏捷，天赋异禀，还十分勤勉，日日苦读，这才换来如今的一身才气、满腹经纶。所以，有着真才实学的他，对自己很有信心，根本不需要靠做已经练习过的试题来获得赏识，于是，晏殊想了想，向主考官开口示意："您好，这套试题我之前不巧已经做过了，为了考验我的真实水平，请帮我换一套试卷，谢谢！"

晏殊话音刚落，不止主考官，满场的学子都震惊了。

消息传到宋真宗的耳朵里，真宗更高兴了。

"给他换，让他考。"

只见晏殊拿到新的试卷，“神色不摄，援笔立成”[1]，出色地完成了答卷。

优秀耿介，质朴不拘，宋真宗对这个神童更喜欢了，于是，晏殊便顺利地晋升为国家图书管理员，留在秘阁深造，还享受起副科级干部的待遇，不仅如此，宋真宗还特意任命当时的文坛大咖陈彭年做晏殊的老师，手把手对晏殊进行指导。

这一年，晏殊仅仅十四岁。

三

在面见宋真宗之前，晏殊还完成了一件自己的人生大事——娶妻。

他要迎娶的不是别人，正是家乡的二把手兼文坛大佬李虚己的女儿李氏。

其实，这时候的晏殊才刚满十三岁，李氏也不大，还是两个孩子呢，无奈晏殊太过优秀，让老丈人李虚己一见就如获至宝，说啥也要立刻和晏家结亲不可。

晏家平民小户，能够和李氏结缘，自然没有反对的道理。

所以，少年神童晏殊便早早完成了成家的任务，专心立业了。

景德三年（1006年），晏殊又从秘阁转任太常寺奉礼郎，之后更是一路攀升，仕途一片顺遂。

[1]“神色不摄，援笔立成”是北宋沈括在其作品《梦溪笔谈》中所记载的晏殊在考场上的表现。

不久，上了年纪的宋真宗在自己的儿子里面拨拉了一圈，最终选定了自己的第六子赵桢为太子。

继承人选好以后，宋真宗还要给赵桢选个合适的“讲师”（那时候称为讲官），选来选去，宋真宗想起了晏殊，于是，给太子讲课的差事便落在了晏殊的头上。

晏殊自然很快走马上任。

这天，晏殊刚好又碰见宋真宗。真宗问：“晏爱卿，你刚入朝不久，资历尚浅，可有想过朕为何钦点你为太子讲官吗？”

晏殊想了想，诚实地回答说：“臣并不知，还请官家明示。”

宋真宗笑呵呵地坐下，说：“如今我朝一切太平，朕听说，百官大都热衷于饮宴欢会，一天到晚沉浸其中，难以自拔，但只有你，小晏殊，不但不跟风参与宴饮嬉戏，还知道闭门苦读，给家中的兄弟们讲习诗书。你这么谨慎又忠厚，朕很欣慰，所以朕认为你最适合给朕的太子做讲官。”

说完，宋真宗一脸得意，沉醉于自己的“识人之明”里。岂料，对面晏殊竟然来了一句：“噢，官家，事情是这样的，臣之所以在家苦读，给兄弟们讲习诗书，而没有像其他人一样豪游宴饮，不是因为臣真的如您称赞的那样多么谨慎忠厚，而完全是因为臣家境贫寒，没有多余的钱可以去享受宴饮罢了……”

还没等宋真宗回过味儿来，晏殊又继续补充说道：“如果臣有钱的话，老实说，臣也会喜欢宴游玩乐的。”

“哈哈哈哈哈哈哈……”

宋真宗笑得眼泪都快出来了。

“你这小子，可真敢说啊！”

第二天，宫里传来消息，说晏殊语言质朴不拘，官家特升为太子舍人，赐金紫。

四

“晏学士，这是官家叫奴婢给您送来的纸条，还请您过目。”

又是普普通通的一天，宋真宗身边的小太监照例给晏殊送来了纸条，晏殊熟练地接过来，打开，几行方寸小字像老朋友一般映入眼帘。

这是宋真宗和他之间的特殊“咨询”方式。每一次，真宗有问题想要听听晏殊的想法时，经常会派人送这么一个小纸条过来，而晏殊也很谨慎，他写好自己的建议后，还会连同原来的小纸条一起回呈给真宗，这让真宗对他愈加欣赏，官位嘛，自然也是越升越快，他才三十岁，就已经是朝廷的正三品大员了。

晏殊很是知足。

只是，宋真宗老了。

乾兴元年（1022年），晏殊人生的这位“伯乐”驾崩了。统治大宋江山的，是十几岁的小皇帝赵桢。

年轻的帝王坐在朝堂上，面前是一群老谋深算的大臣，其中最令他头疼的，就是宰相丁谓和枢密使曹利。

他的父皇临去之前，为了稳定朝局，特意留下遗诏，让他的母后权掌国事，而丁谓、曹利这两个老东西趁机提出，想要单独见太后奏事，摆明了就是要独揽大权。

赵桢看着满朝的文武百官，听着他们对这一奏议叽叽喳喳，却始终等不到一个解决办法。他轻轻叹了口气，正准备先行结束这场无意义的讨论，却听到一个熟悉的声音说道：“官家，由丁相和曹大人单独面见太后议事，实有违先皇遗诏，臣以为，不如请太后

‘垂帘听政’，以示公允。”

说这话的人，正是他的左庶子，父皇甚为欣赏的晏殊晏学士。

其他大臣听了这响亮明确的建议后，也似乎突然找到了方向一般，纷纷附和。

“官家，臣附议。”

“臣亦认为此法得宜。”

“臣也是这个意见。”

……

于是，因为这一句重要的提议，晏殊四两拨千斤，既稳定了朝局，又顺利升迁，成为当朝宰执之一。

这仕途，简直太顺利了吧！

五

晏殊心里很清楚，自己五十年来官运亨通，除了自身的才能和机遇，与自己一贯保持的谨慎圆融的行事风格是离不开的。

官场如战场，多的是浮浮沉沉，甚至是浮沉沉沉沉……像自己这样入仕后一路升官升个没完的，难免招人红眼，所以他时刻提醒自己，不给旁人一丁儿挑剔自己的机会。

但终究，人无千日好，花无百日红，不久，他还是做错了一件事。

“太后，张耆乃是武将出身，并非进士，由他担任枢密使一职，确为不妥，还望太后三思啊！”

大殿内，晏殊又一次“搞了特殊”，他知道这个张耆是太后曾经的恩人，可晏殊觉得，恩情归恩情，即便是太后，也不能随意把国家的职位安排出去。所以在太后准备任命张耆的时候，他还是选择一马当先跳了出来，坚决表示反对。

不过，晏殊忽略了一点，如今的刘太后再也不是曾经势单力薄、刚刚失去丈夫庇佑的普通女人了，她是太后，垂帘听政，大权在握，他这样不管不顾地跳出来当面反对太后，不仅仅是打张耆的脸，更是不给太后面子。

太后很生气，后果很严重。

“晏爱卿的建议哀家明白了，不过，张大人是哀家了解的，哀家觉得他有这个本事做好枢密使的位子，张爱卿，你有信心吗？”

那边，张耆点头如捣蒜，晏殊的眼光黯淡了下来。

接下来的几天里，因为这件事，晏殊的心情一直不太好。

这天，他着急要陪宋仁宗赵祯去巡视玉清宫，偏偏随从给自己送笏板的时候慢吞吞的，一下子给晏殊整急了，他接过笏板，用力一甩，随从的几颗门牙应声而掉。

“打人了！打人了！晏大人打人了！”

几个谏官仿佛是鬼魅一般，立刻跳将了出来，弹劾晏殊这么大个领导，居然亲自动手打人，于是乎，晏殊迎来了人生中的第一次被贬，从枢密副使贬至应天府，任刑部侍郎。

六

已是暮春时节了，晏殊一手拎着酒壶，一边在花园里闲逛着。

耳边传来几声燕子的呢喃，他抬眼望去，却觉得这燕子似乎是去年见过的那几只。

他闭上眼睛，深嗅了一下空气中弥漫的百花的残香，脑海中突然灵光乍现，幽幽吟道：

> 一曲新词酒一杯，去年天气旧亭台。夕阳西下几时回？
> 无可奈何花落去，似曾相识燕归来。小园香径独徘徊。
> ——《浣溪沙·一曲新词酒一杯》

除了做官，晏殊的诗词也很有名气，其中令词是他最喜欢的。虽然他的词大多是流连光景、遣兴娱宾之作，但因为融入了很多他自己的人生体悟，所以写出的词也便有了士大夫的温润典雅，与一般伶人词作不同。

以名公巨卿的身份以及大量的词作，带动宋词尤其是令词的发展，他晏殊，可是大宋第一人。

只是，如今的他，离开了中央，吟词作曲，到底也是无可奈何，发泄发泄情绪罢了。

百花凋零，令人怜伤，夕阳西下，更生哀愁。

连燕子都回来了，他晏殊，又何时重回中央呢？

做官做了几十年，晏殊当然知道，所谓打人不过是自己给了人家合适的贬谪借口罢了，真正让他丢了枢密副使职位的，还是张耆一事。

“无所谓了。”

晏殊挥挥衣袖，又饮了一口酒道：“做好自己，享受当下。”

从花园里回来，晏殊美美地睡上了一觉，第二天一早，他便穿好衣服，直奔应天府书院去。

还未进得书院，晏殊就已听见了书院内学子们的朗朗读书声，声音震荡在温柔的晨光里，令人敬畏。

晏殊默默地在门口听了一会儿，思绪飘回从前，他想到了自己读书时的那些时光。真快啊，一转眼，那些日子已经是遥远的前半生了。他要老了，而眼前书院里的年轻人，才是国家的未来。

所以，到应天府任职以来，他最关心的一件事，就是应天府书院的发展。为此，他还专门找到了范仲淹，请他到书院任教，其他当世有名的学术大师，也被他陆陆续续安排进了书院。

自五代以来，学校屡遭禁废，晏殊此举，也算是开创了大办教育的先河[1]。有范仲淹等名师的加持，应天府书院更是逐渐声名鹊起，与岳麓书院、石鼓书院以及白鹿洞书院并称为是宋初的“四大学院”，为宋朝的发展培养了大批的人才。

可以说，在国家教育的问题上，晏殊建立的，是不世之功。

七

或许是晏殊的地方工作做得太好，也或许刘太后只是想要浅浅地打压他一下，总之，到应天府任职不到两年，晏殊就又调回了中央，还被任命为御史中丞，直接执掌御史台。

真是风水轮流转。

不仅如此，天元八年（1030年），早已成为文坛领袖的晏殊“知礼部贡举”，成为天下举子的主考官，众望所归。

这一年，他亲自点选了江西举子欧阳修为省元，还选拔出了王拱辰、蔡襄、张先、孙甫、田况、石介等人才，并成为他们的座主[2]。

[1] 根据欧阳修《晏殊传》记载，“自五代以来，天下学废，兴自公始”。

[2] 座主，唐宋时进士对主试官的称呼，并结为师徒。明、清时期的举人、进士亦称其本科主考官或总裁官为座主，或称师座。

第二年，晏殊再次被任命为枢密副使，还未正式上任，又改任参知政事，成为了副相，兼任尚书左丞。

这样，晏殊在朝中的位置，算是更加稳固了。

但昔日的小皇帝，如今的宋仁宗赵祯的皇帝位置，却似乎有些危险。

刘太后多年“垂帘听政”，如今皇帝大了，她却迟迟不肯还政，甚至明里暗里问群臣：“唐朝武后是何女子也？”大臣们统一回复：“武后差点儿就断送了唐朝的江山社稷，是唐朝的罪人。”刘太后听后，沉默不语。

但鼓动太后效仿武后的人络绎不绝。

明道元年（1032年）的十一月，刘太后宣布，明年二月，她要穿着帝王衮服[1]去太庙行祭祀大典。

此言一出，朝堂上的反对声音立刻此起彼伏。

下朝后，刘太后又单独召见了晏殊，询问他对祭祀服饰的意见。

从张耆一事开始，晏殊心里就很明白，刘太后心下决定要做的事情，反对的声音再大，她也不太可能听得进去。之所以要单独召见他，名义上是征求意见，其实还是希望得到他的支持。

可是，他晏殊也是个刚直的人，何况穿衮服祭祀那不是开玩笑的，他是大宋的臣子，不是太后的臣子。

“臣以为，太后此举，不符合礼制，《周官》后服一节对此已有明确规定，还望太后能够遵循礼法，莫要被欲望控制得好。”

良久，太后只是轻轻回了一句：“知道了，你退下吧。”

到了新年的二月，太后终究还是穿着衮服去了太庙，只是，作

[1] 指中国古代皇帝在祭祀活动中穿着的专门礼服。

为和一众士大夫谈判的结果，她没有佩戴象征男性帝王的佩剑，并将衮服上的十二图章作了减法，去掉了象征着忠孝和洁净的宗彝和藻两章。

这个一生传奇的女人，在如愿以偿以帝服出入太庙后，转眼便香消玉殒，而随着她的去世，一个尘封多年的惊世秘密也终于浮出了水面。

要命的是，这个秘密和晏殊有关。

八

在刘太后的灵堂上，晏殊感到的不是哀伤的气氛，而是紧张，无尽的紧张。

面前八大王的身影有点模糊，但他说的话，晏殊一字一句听得清楚。

他说，刘太后不是仁宗的母亲，仁宗的生母另有其人，就是被刘太后派去为真宗守陵的李宸妃。而且，刘太后为了隐瞒秘密，十年后又下毒害死了李宸妃。

晏殊没有去抬眼观察仁宗的表情，但他心里知道，八大王把事情闹到如今这个地步，仁宗是无论如何也必须亲自探一探真相了。

于是乎，仁宗下令打开了李宸妃的棺椁，结果是，李宸妃的确是仁宗的生母，但并非刘太后下毒所害。

刘太后的清白得到了证明，但晏殊变得不清白了，因为当初为李宸妃撰写墓志文的，正是他晏殊，可他只在文中提到李宸妃生过一个女儿，不幸早夭，丝毫没有提及仁宗的身世。

于是，被隐瞒了二十多年身世，未曾有机会为生母尽孝的仁宗大发雷霆，将知情不报、弄虚作假的晏殊赶到了亳州，后又徙知陈州，这一外放，便是五年。

在亳州的时候，一个偶然的机会，晏殊听到了一段凄美的爱情故事，故事的主人公名叫“苏哥”。苏哥是一位风尘女子，但她对爱情的纯真令朝堂上虚情假意的士大夫们汗颜，晏殊联想到自己的遭遇，写下了一首《吊苏哥》：

苏哥风味逼天真，恐是文君向上人。
何日九原芳草绿，大家携酒哭青春。

“我也不过是时代洪流中一颗微不足道的尘埃而已”，晏殊想，“李宸妃娘娘和官家的关系，哪里是我一个人可以决定是否公开的呢？我不后悔向官家隐瞒，亦不为隐瞒作解。”

历史会铭记一切，功过是非，自有后人评说。

晏殊眨了眨酸涩的眼睛，眺望着开封的方向，时光无情，他还会有机会回去吗？

九

“官家，臣分析边情，以为目前我方必须在四个方面加强军备，一是要撤销内臣监军，让军中统帅有权便宜行事，处理军中事务；二是要紧急招募和训练弓箭手，以备作战使用；三是要对宫中的财物进行清理，将一些长期积压不用的充作军饷，资助边关；四是针对被各司侵占的财物进行追讨，以充实国库……”

开封的大殿上，再次响起晏殊干练坚定的声音。

是的，他又回来了，而且再次担任三司史和御史中丞。

伴随晏殊回朝的，是宝元元年（1038年）党项人李元昊称帝的消息。并且，元昊建立西夏后，立刻出兵陕西，宋朝边情告急。

于是乎，晏殊作为三司使，立刻审时度势，给仁宗提出了上面四点建议，而仁宗也是从善如流，将他的建议全部采纳。

令君臣都十分高兴的是，晏殊的四条建议在对抗西夏的战事中发挥了重要作用，宋军果然很快就击退了西夏的来犯。

鉴于晏殊的出色工作表现，康定元年（1040年），晏殊终于当上了枢密使正使，其后，他更是在官场上一路狂奔，到了庆历二年（1042年）的三月，奋斗了大半辈子的晏殊，如愿以偿来到了自己的职场巅峰——正式成为宰相。

不仅如此，就连自己的女婿富弼也被宋仁宗提拔为枢密副使。

晏殊一辈子谨慎，深知这种人事安排必然要引起帝王的疑心，于是，为了避嫌，他亲自上了一道奏折，恳请仁宗解除自己枢密正使的职务，而仁宗也不愧为一代明君，他直接回了晏殊一句话——“举贤不避亲”。

“举贤不避亲”，晏殊在回家的路上反复回想着仁宗的这句话，心里真是感慨万千。

曾经，他是他的太子舍人，为他传业解惑；他少年登基，根基不稳，他挺身而出，稳定朝局；但也是他，为他隐瞒了身世，令他二十多年未能与生母尽孝，他迁怒于他，将他外放，但很快又将他召回；如今，他已位极人臣，与女婿共同掌握枢密大权，他竟也能如此信任他，一句“举贤不避亲”就无限拉近了君臣的关系。

“官家，先皇没有看错您，老臣也没有看错，您注定会是一代仁君，造福于我大宋。宋朝臣民有你，是大宋之福啊。”

晏殊转身，向着仁宗所在的方向，再次深深拜了一拜。

十

资善堂中三十载，旧人多是凋零。
与君相见最伤情。
一尊如旧，聊且话平生。
此别要知须强饮，雪残风细长亭。
待君归觐九重城。
帝宸思旧，朝夕奉皇明。

——《临江仙·资善堂中三十载》

陈州的风雪，又一次蒙上晏殊的心头。

如果说第二次被贬时，他尚能以积极乐观之心面对，那么这一次，他是真的有些寒心了。

这一次，弹劾他的，居然是自己的得意门生：蔡襄、孙甫等人。

起因是晏殊的好朋友范仲淹发起了“庆历新政”，而欧阳修则紧跟时事，大咧咧地写了一篇《朋党论》，言语犀利，满朝哗然。

欧阳修是当年晏殊亲自擢选的人物，他的才华晏殊都看在眼里，但就是他这天不怕地不怕的精神，着实令晏殊有些头疼。

晏殊做官做了一辈子，就懂了一个做官的无上真理——谨慎，谨慎，再谨慎。

那哪里是朝堂啊，分明是你死我活的斗兽场。

欧阳修这个孩子还是太冲动了，这一篇《朋党论》不仅仅是向保守派的宣战书，更是他欧阳修的一道催命符。

思来想去，为了保住欧阳修，平息朝堂的风波，晏殊身为宰相，作出了一个决定——将欧阳修外放为河北都转运使。

但就是这么一个苦心孤诣的决定，竟引发了蔡襄、孙甫等谏官的不满，他们一拥而上，一会儿说晏殊有侵占官地、盖房出租的行为，一会儿又将当年墓志铭的事情搬出来继续念叨，总之好几套组合拳下来，宋仁宗也招架不住，晏殊从相位上高高坠落，被外放到颍州，然后兜兜转转，居然又一次回到了陈州。

这一年，是庆历八年（1048年）。

正月，大雪纷纷。晏殊拉着范仲淹在长亭喝酒。

岁月不饶人啊，如今的朝堂，新人多旧人少，他这个曾经的宰相，终究是曾经了。

“希文，真没想到在陈州还能再见你一面，咱俩都老了，见一面少一面呐！”

晏殊举杯，一饮而尽。

“谁说不是呢？一晃啊，都是年轻人的天下了。”

范仲淹亦举杯。

长亭外，古道边，风雪连天。

两个老人就这样你一句我一句地回味着人生，不知不觉，到了范仲淹必须启程的时间了。望着他远去的车马，晏殊挥手，再挥手，他心里知道，自己的官路，差不多也快结束了。

十一

从第三次被贬开始，晏殊的人生就好像开启了加速键。

从陈州再到许州，六十岁的时候，又以户部尚书、观文殿大学士的身份担任了永兴军节度使，然后又转任河南府兼西京留守，再拜兵部尚书，在勋位职级上，最终坐到临淄公的位置，食邑达一万两千户。

可是，他始终徘徊在中央之外，那个他记忆中让他如履薄冰的朝堂，他已经离开十年了。

十年，生死都可以两茫茫，不知道座上的君主，是否还记得他晏某人？

槛菊愁烟兰泣露，罗幕轻寒，燕子双飞去。
明月不谙离恨苦，斜光到晓穿朱户。
昨夜西风凋碧树，独上高楼，望尽天涯路。
欲寄彩笺兼尺素，山长水阔知何处？

——《蝶恋花·槛菊愁烟兰泣露》

又是一年的正月，春寒料峭。他六十多岁的身体终于熬不住，病倒了。

纵是山长水阔，他也只好厚起脸皮，上书给他的君主，希望仁宗可以允许他回到开封府接受治疗，等病情痊愈后，再出京去继续供职。

仁宗答应了。

不仅如此，在晏殊病情稳定后，仁宗也没有着急催他出京，反而特意下旨，让晏殊留在京城，每隔五日进宫觐见仁宗一次，为他讲经释义，一如当年的东宫与他的太子舍人。

更令晏殊感动的是，他每一次觐见，仁宗仍是以宰相的规格相待，君臣之间没有半点冷落生分的样子，似乎外放的十年，只是不得已而为之的十年。

他有他的委屈，亦懂仁宗作为帝王的无奈。

他是看着他如何一步步登上帝位，仁爱天下的，他已经是花甲老人了，又有什么放不下，有什么想不通呢？

只是，一向年光有限身，他在人间已活了六十多年，不知道死后会是怎样的世界？

是否还需要他继续保持谨慎得体，是否需要他继续圆融处世呢？

应该不会了吧。

他希望不会。

谨慎了一辈子，旁人都说他是无灾无难到公卿，可谁的人生，真的是平白无故一帆风顺呢？

他的自持，才是保佑他的“神明”，是他最好的“运气”。

或许，待死后，他又可以重新做回那个曾经纵情耿介，直言不讳的少年。

他开始无限回想起自己的青春。

在那灿烂的回忆中，死亡，似乎变得越来越亲切，又越来越近……

十二

“爹爹！爹爹！”

随着一声声痛苦的哀鸣，临淄公晏殊病逝的消息传遍了开封府。

“满目山河空念远，落花风雨更伤春。”

这一天，是至和二年（1055年）的正月二十八日，六十五岁的晏殊永远留在了这年的春天。

几天前，仁宗得知晏殊的病情加重，还曾想要前来探望，只是晏殊谨慎，派人告诉仁宗说："老臣这是老毛病了，应该很快就能痊愈，官家您不必为老臣担心。"仁宗只好作罢。却没想到，这一犹豫，君臣竟然未能见着最后一面。

在晏殊的丧礼上，仁宗亲自来为他祭奠，但仍心存遗憾，后悔不应该听晏殊的话，执意来看望他的。

回宫后，仁宗便宣旨，要为晏殊辍朝两日，以示哀悼。

"官家，晏大人的谥号还没有定呢。"几位礼官躬身请示道。

仁宗站起身来，抚了抚胡须，终是缓缓说道："忠肃恭懿曰元，文资有成为献。晏爱卿的谥号，就定为'元献'吧！"

翌日，为晏殊撰写碑文时，仁宗又亲自在首款篆写了四个大字——"旧学之碑"。

至此，晏殊的一生，郑重落下了帷幕。

<table>
<tr><th colspan="6">宋词江湖角色表——晏殊</th></tr>
<tr><td>姓名</td><td colspan="5">晏殊，字同叔，别名，大晏、晏元献</td></tr>
<tr><td>生卒年</td><td colspan="5">991—1055年</td></tr>
<tr><td>江湖身份</td><td colspan="5">北宋时期杰出的政治家、文学家</td></tr>
<tr><td>江湖称号及成就</td><td colspan="5">世称“晏元献”；
晏殊在政治、文学和教育等方面都做出了十分出色的成绩；
在政治上，他辅佐仁宗，官至宰相，还积极推动了宋朝的政治改革；
在文学上，他是“北宋倚声家之初祖”，诗文丰富，尤擅词令，语言清丽，辞藻华美，虽然内容多以表现诗酒欢宴和悠闲情致为主，但极大地促进了宋朝词坛的繁荣。据说，晏殊一生写有万余首的词作，只可惜，绝大部分都已失传，仅有《珠玉词》三卷留下；
在教育上，他还和范仲淹一起倡导了教学改革，大力扶持了应天府书院和旧学的发展，为大宋培养了无数的优秀人才；
此外，他虽然位极人臣，却十分清廉刚简，是百官典范</td></tr>
<tr><td>人物评价</td><td colspan="5">欧阳修：“自少笃学，至其病亟，犹手不释卷。……其为政敏，而务以简便其民。其于家严，子弟之见有时，事寡姊孝谨，未尝为子弟求恩泽。”</td></tr>
<tr><td rowspan="3">知识链</td><td colspan="5">与晏殊有关的成语</td></tr>
<tr><td>无可奈何</td><td>似曾相识</td><td>无穷无尽</td><td>倒绷孩儿</td><td>山长水阔</td></tr>
<tr><td>一厢情愿</td><td>急景流年</td><td>绿鬓朱颜</td><td>天涯地角</td><td>援笔立成</td></tr>
</table>

陆

追忆似水年华

宋.林椿.果熟来禽图页

一

如水的春夜，晏小山醉倚在桌子上，笑嘻嘻地看着眼前的姑娘们。

她们都长得甚美，而且一个比一个能歌善舞，但晏小山最喜欢的，还是蘋、莲、云、鸿四个姑娘。

他喜欢为她们写词。

记得小蘋初见，两重心字罗衣。琵琶弦上说相思。当时明月在，曾照彩云归。[1]

小莲未解论心素，狂似钿筝弦底柱。脸边霞散酒初醒，眉上月残人欲去。[2]

床上银屏几点山。鸭炉香过琐窗寒。小云双枕恨春闲。[3]

年年衣袖年年泪，总为今朝意。问谁同是忆花人，赚得小鸿眉黛，也低颦。[4]

……

[1] 出自晏几道《临江仙·梦后楼台高锁》。
[2] 出自晏几道《木兰花·小莲未解论心素》。
[3] 出自晏几道《浣溪沙·床上银屏几点山》。
[4] 出自晏几道《虞美人·小梅枝上东君信》。

他写好了词，就交予她们弹唱，几个人弦歌笑语，就连何时天亮的都不知道。

哎，等等……

这些词是他什么时候写的？

晏小山迷迷糊糊，恍然间似乎想起些什么，喃喃道："不对，这不是我当时跟她们在一起的时候写的词，现在……现在是什么时候？"

正疑惑间，晏小山听到远处传来的一声鸡鸣，刹那间，眼前的华屋锦榻、美人琵琶，一下子都如朝露般消失了。他揉揉惺忪的睡眼，痴痴地呆了一瞬。

"啊，原来……又是梦啊……"

半晌，他才缓缓叹了口气自言自语道。

是梦吗？

但分明就是他过去亲历的时光。

不是梦吗？

那时光，又确实早已离他远去，湮远如梦了。

二

这一天，是"乾元节"，官家宋仁宗的生日。

在这之前，早已有密探来报，说是此次契丹太子竟然偷偷混进了前来朝贺的使团里，宋仁宗知道后，特意和几位臣子欧阳修、韩琦等人设下私宴进行款待。

酒酣兴浓时，一位眉清目秀的小少年起身为宋仁宗演唱了一首小词——《鹧鸪天·碧藕花开水殿凉》：

碧藕花开水殿凉，万年枝外转红阳。
升平歌管随天仗，祥瑞封章满御床。
金掌露，玉炉香，岁华方共圣恩长。
皇州又奏圜扉静，十样宫眉捧寿觞。

所谓碧藕，根据晋人王嘉的《拾遗记·周穆王》的记载，是生长于“郁水”中的一种碧绿色的莲藕，“长千常”，而“七尺为常也”，传说是仙人们才会食用的食物，而“万年枝”也就是冬青树，经年绿色。所以，“碧藕花开水殿凉，万年枝外转红阳”，就是借碧藕和迎接朝阳的冬青树，祝福国君春秋常健。

“升平歌管随天仗，祥瑞封章满御床”，讲的是皇帝的仪仗队行到哪里，哪里就会随之响起太平笙歌，而这位皇帝亦勤政爱民，甚至连自己的御床上都摆满了大臣们的奏章。

“金掌露”这里使用了一个典故，指的是汉武帝当年曾经用铜制的仙人手掌来作承露盘，所以后人常常用“金掌露”来比喻帝王提拔，“金掌露，玉炉香，岁华方共圣恩长”，指的就是皇帝知人善任，提拔有用的人才，令人尽其才、各尽其用，这样的皇恩浩荡，就是穷尽一生也报答不完。

最后，“皇州又奏圜扉静”，皇州也就是国家，圜扉就是指监狱，因为国家被治理得太好，天下太平，监狱都空了，百姓安居乐业，没有一丁点儿诉讼闹事的出现。而“十样宫眉”出自唐玄宗时期的画作《十眉图》，意思就是代指宫中的美丽女子们，她们都捧着酒杯，来向皇帝祝寿。

一曲唱罢，主旨已经非常明显，化名“赵六爷”的宋仁宗自是坦然受之，而假扮为普通使者的契丹太子，也终于通过这一曲为帝王祝寿的歌词，明白了眼前这位“赵六爷”的真实身份，内心暗自被这位大宋帝王的胸襟和气度折服。

与此同时，这位年纪轻轻才华横溢，能够有资格在仁宗私宴上献曲祝寿的少年，自然也引起了这位契丹太子的注意。

写给帝王的祝寿词，往往辞藻华丽，却也容易因过誉而落入俗套，可这位小少年的《鹧鸪天》写得分寸得体，既不过于克制，又不过于失真，将对帝王的祝福和赞美表达得恰到好处。

“中原少年果然人才辈出。”契丹太子心想，忍不住又多看了这少年一眼。

少年却是冷静内敛，面上并无因献媚帝王而表现得兴奋或得意，他只是淡淡地坐下来，似乎刚刚为帝王演唱的，并不是他自己，而是旁人。

这位少年，便是当朝宰相晏殊晏大人的暮子，名唤小山。

三

宋仁宗的时代，是无数文人巨星的时代，小山的父亲晏殊亦是其中之一。

有一个过于出色的父亲，对很多人来说，是幸运，也是压力。

表现得好，别人最多夸一句是“虎父无犬子”，表现得不好，就是不学无术、愧对祖宗。

总之，这世上的事，哪有十全十美的呢？

但无论如何，小山都不得不承认，正是因为父亲的存在，他才能够在年少时纵情任性，拥有过一段足以令他回忆一生的美好时光。

因是得了父亲的遗传，小山和父亲一样的天资聪颖、文采非凡，更是和父亲一样，十三四岁就金榜题名，得了进士，更因为一首《鹧鸪天》而少年成名。

只是，因为父亲的奋斗，他不用再像父亲小时候那样因为家贫而只能躲在家里读书，不敢与人出门宴饮玩乐，相反，他作为“官二代”和“富二代”，凭借父亲的荣光，从小便是锦衣玉食，珠环翠绕，每天的生活就是纵横诗酒、吟词唱曲、斗鸡走马、乐享繁华。

在这开封府，没有他晏小山没有见识过的人物，没有他没有品尝过的美食，没有他没有到过的地方，更没有他没有读过的文章。

他本是父亲的第八子，后来，因为其中一位兄长被过继给了本家，所以他便成了第七子，而他的六位兄长，也是一个赛一个的能干，一个个都相继走马上任，亮相朝堂。而他这个集全家宠爱于一身的第七子，则是心安理得地过起了风流潇洒、悠然自得的贵公子生活。

虽然得了进士，但他并没有在政治上有所建树的欲望，更没有什么为家族利益而钻营的上进心，他每天最关心的，就是今天的词写得如何，小蘋和小莲她们几个今天过得是否开心。

别人都是意气风发的士子，唯有他，只爱做个流连乐坊的痴人。

四

晏小山永远记得那一年，那是至和二年（1055年），父亲晏殊去世。

官家亲自来参加了父亲的丧礼，赐给父亲谥号“元献”，而他则因为恩荫，被封为太常寺太祝。

“父亲已经去世了。”他提醒自己，是的，那个细心教授他诗词，对他极尽宠爱的父亲，离开了这个世界。

从此以后，他晏小山再也不能任性了。

因为，他的倚靠没有了。

贵公子的绮梦轰然破碎了。

他开始不得不面对现实，迎接随之而来的风刀霜剑。

好在，他还有兄弟姐妹，准确地说，他还有哥哥、嫂嫂可以继续依靠。

因为他、六哥、八弟，以及四个姐妹都还年幼，二嫂嫂张氏主动承担起了对他们“养毓调护”的责任，还陆续帮他们安排成了家。

此后的时光匆匆而过，晏小山都记得不太真切了。

似乎从父亲离世那天起，他的心也永远留在了从前。

至于父亲去世后的人生，他只记得，自己好像从太常寺太祝，陆续做过颍昌府许田镇监、乾宁军通判和开封府判官等，总之都是一些不值一提的小官职，和父亲的仕途成就相比，他的表现实在很一般。

如果父亲还在世，不知道会不会对他的表现失望呢？

每每想到这里，小山就会有些沉默，但他安慰自己，父亲是懂他的，自然不会怪他。

从小他就通过父亲的眼睛，看透了官场的尔虞我诈、名利追逐，他觉得厌烦，亦觉得无趣。

他是孤傲的，不愿在这官场大染缸里沉浮，所以虽然考取了进士，也迟迟不愿意做官，直到父亲去世，才不得不为了生活下去，而接受了恩荫。

眼看飞雁手携鱼，似是当年绮季徒。

仰羡知几避缯缴，俯嗟贪饵失江湖。

人间感绪闻诗语，尘外高踪见画图。
三叹绘毫精写意，慕冥伤涸两踟蹰。

——《观画目送飞雁手提白鱼》

父亲走了，他已深陷在生活的泥淖里，唯一快乐的，不过是在闲暇之余，以手中的词作，默默地回忆曾经在父亲呵护下的他的似水年华。

五

熙宁七年（1074年）的时候，北宋的官家已经从仁宗变成了神宗。这是一位雄心勃勃的帝王，上任没多久，就扶持拗相公王安石，发动了北宋历史上最知名，亦有争议的一次变法——熙宁变法。

小山一向对政事不感兴趣，所以他天真地以为，只要他不去主动掺和，变法的纷纷扰扰就不会波及他。

但他没有注意到，朋友郑侠对变法的怨气已经日益膨胀，终于，一幅《流民图》将郑侠送进了御史台，而晏小山也因此被牵连。

牵连的原因，是王安石的支持者们从郑侠的家里搜到了一首诗。

那是小山写给郑侠的一首诗，名字就是《与郑介夫[1]》：

小白长红又满枝，筑球场外独支颐。
春风自是人间客，主张繁华得几时？

[1] 郑侠，字介夫，号大庆居士，又号一拂居士、西塘先生。

于是乎，这首诗变成了小山反对变法、讽刺新政的“有力”证据，小山从贵公子，直接沦为了阶下囚。

昨日宾上客，今日狱中人。从父亲去世开始，生活浑然就变成了小山无法捉摸的样子。

他感到恐惧。

“说，你为什么写这首诗，是不是在讽刺新政！”

前来审问的人，气势汹汹，恨不得立马就将小山斩首示众似的，恶狠狠地问道。

小山只是低着头，轻轻地回答说：“没有，我只是感叹，春光短暂，人活在世上，就如同旅客一般，光阴真是无情。”

面对如此“肤浅”的回答，审问的人自然不满意，但顾及晏小山的身份，到底没有继续追问下去，只能悻悻地结束了审问。

不久，朝中传来消息，宋神宗下令，释放晏小山。

解除监禁后的小山，在回家的路上，心仿佛被马车一遍遍地碾碎一般。

他知道，这一次虽然算是有惊无险，但为了保住他，家里定然也是花了不少精力和银子，父亲在世的时候，他虽然锦衣玉食，但父亲到底清廉，并没有攒下什么深厚的家底，现在父亲走了，他又出了这一档子事，家里不用想，肯定是捉襟见肘、风雨飘摇了。

委屈的泪水盈上了小山的眼眶。

如果说，父亲去世，他尚能鼓起勇气，面对现实，而这一次，他是真的感觉到了艰难和受伤。

曾经的书生意气，此刻都变为了落魄潦倒。

好一出人生如梦啊。

他双手抱在胸前，仿佛“哗啦”一声，关闭了自己世界的心门。

六

在父亲去世之前，小山最喜欢的就是春天的夜晚，温暖芬芳而又多情，真是令人遐想。

可父亲去世以后，他才突然发现，原来春夜是那样的漫长又安静，孤独得仿佛让人看不见明天的太阳。

今晚，便是这样一个春夜。

他望向窗外，想要看尽这夜色里的万水千山，却只能看到一片寂寞的黑色。

于是，他将眼睛闭起来，眼前的黑色反倒有了颜色。

他想起来一位女子，时间太长了，他有些记不得她的名字，但依然能够想起初见她的场景。

他当时正在喝酒，她容貌秀丽，在旁边轻轻地弹唱一曲《剔银灯》。她唱得撩人，他听得认真，不知不觉，心便被她摄了去，沉醉在她无尽的歌声中。

“唉……”

想着想着，他还是睁开了眼睛，触目又成一片漆黑。

她如今在哪里呢？

可无论她在哪里，他恐怕余生都无法再见到她，重温初见时的悸动了吧？

原来他们之间相隔的，早已不再是千山万水，而是整个青春和余生。

可那又如何呢？

他痴痴地看着眼前，缓缓念道：

小令尊前见玉箫，银灯一曲太妖娆。
歌中醉倒谁能恨，唱罢归来酒未消。
春悄悄，夜迢迢。碧云天共楚宫遥。
梦魂惯得无拘检，又踏杨花过谢桥。

第二天，晏小山新作《鹧鸪天·小令尊前见玉箫》又一次轰动了北宋文坛。就连总是一本正经，看不得小儿女情态的理学大师程颐，偶然听到别人传唱这首新词后，竟然也忍不住微微一笑，称这最后两句“梦魂惯得无拘检，又踏杨花过谢桥”是“鬼语也”。

晏殊暮子晏小山的才气，终是成为天下共识。

可这才气在一些人看来，不值一提。

七

“得新词盈卷，盖才有馀而德不足者。愿郎君捐有馀之才，补不足之德，不胜门下老吏之望……”[1]

这位“门下老吏”是父亲曾经的部下韩维，如今正在颍昌知府的任上。小山记得，父亲在世的时候，两个人经常有频繁的诗词唱和，晏、韩两家的关系也甚是亲密。

小山听说这位韩叔叔平日里最喜爱的就是柳永柳三变的词作，所以他想，自己的词，韩叔叔应该也会喜欢。

[1] 见《邵氏闻见后录》卷十九。

了解了这层关系后，作为监颍昌许田镇的小山，思来想去，终于是鼓起勇气，将自己的作品，尤其是刚火的那首《鹧鸪天·小令尊前见玉箫》一起寄给了韩维，当然，他希望能从这位韩叔叔的口中，获得一丝对自己的认可和支持。

但小山没有想到，昔日和父亲亲密唱和的韩叔叔，在看了他认真整理的作品后，是这样回复的。

他说："小山啊，我看了你最近创作的这些新词，我感觉你是才华有余，可惜德行不足。我希望你可以丢掉那些多余的才华，好好弥补你在道德修养上的不足，千万不要辜负你父亲的老部下我对你的一番殷切希望啊！"

听了这样冷淡客气的回复，小山明白，昔日的世交之情其实早已不复存在，如今的韩叔叔俨然一副道学的面孔、家长的做派，而自己在他眼中，也不过是一个家道中落、不务正业，甚至不学无术的落魄纨绔子弟罢了。

韩维的这一瓢冷水，可以说是把小山从头到脚彻底浇了个透心凉。

"我早该知道的，何必再心存幻想呢？"

他冷笑着，嘲讽自己道。

"这个世界早就无药可救了，我还当真以为这浑浊的官场，会有真正的伯乐和知音，真是天真。父亲，我真是天真啊！哈哈哈哈……"

八

在很长的一段时间里，小山都认为，自己已经彻底沦落到孤独中去了。

他不会再有朋友，亦不可能有知音。

除了曾经拥有的那段似水年华，他的人生，已经永远安上了休止符，只能如行尸走肉般摇晃着向前，聊以度日。

直到黄庭坚的出现。

他那孤独封闭的心里才又一次，撒进了一丝丝温暖的阳光。

那是元丰元年（1077年），小山的另一个好朋友王肱离世，他受邀亲自为王肱的遗文作序，因而得以认识了黄鲁直[1]。

小山看着眼前的男子，发现他们竟然是如此的相像。

相像的年纪，相像的抱负和理想追求，相像的才华，相像的处境。

他们都在等待着，渴望着被命运眷顾，期待着自身才华得以发光发亮的时刻。

虽然那个时刻看上去光鲜而又遥远。

“叔原，走啊，咱们一起喝酒去！”

是了，他喜欢喊他叔原，是小山的字。

“好啊，喝就喝，正好我有一肚子话要和你聊呢！”

小山一口答应，脸上露出久违的灿烂笑容，仿佛寒冬腊月里一枝怒放的春梅。

第二年，鲁直被任命为吏部等候改官，小山便又一次和他相遇。

那时候小山想，上天对他还是垂怜的。能够在短暂的人生里，多次和自己心意相通的好朋友见面，这是多么难得的幸福啊。

他们一起在寂照房里喝酒，谈天说地，纵论时局，有时候也会

[1] 黄庭坚,字鲁直,自号山谷道人,晚号涪翁,又称黄豫章,以谪仙自称。

一起醉倒在垆边酒家，或者同榻而眠，秉烛夜话。

很多次的瞬间，小山都感觉自己仿佛回到了青春岁月，那个可以任性恣意，有人疼爱，有人包容，有人兜底的快乐时光。

这天，又是在寂照房里，两个人聊了一会儿天之后，鲁直有些累了，斜斜倚在榻上，口中却突然吟出一首小诗曰：

风雨思齐诗，草木怨楚调。
本无心击排，胜日用歌啸。
僧窗茶烟底，清绝对二妙。
俱含万里情，雪梅开岭徼。
我惭风味浅，砌莎慕松茑。
中朝盛人物，谁与开颜笑。
二公老谙事，似解寂寞钓。
对之空叹嗟，楼阁重晚照。

——黄庭坚《次韵叔原会寂照房》

小山在鲁直的吟咏声中，也不自觉地看向房内的袅袅茶烟、窗外凌风傲雪的松柏、清冷孤傲的梅树，以及夕阳笼罩下的亭台楼阁。

在听到鲁直的那句“中朝盛人物，谁与开颜笑。二公老谙事，似解寂寞钓”时，小山忍不住会心一笑。是啊，这满朝的各色人物，能够与他们二人相比，可以与他们二人相聚展颜的，又有几个呢？

寂寞垂钓意，唯有二人知。

小山再次举杯，痛快地一饮而下。

够了，还有这么一个懂自己的鲁直，就够了。

他知足了。

九

元丰七年（1084年），小山听说鲁直移监德州德平镇，在汴京路上还写了十首小诗寄怀他和共同好友王肱，只是彼时，小山已经在遥远的江南，两个人到底未能聚首。

接下来，弹指一挥间，便到了宋哲宗元祐初年。

这时候的小山，虽然仕途依然没有什么大的起色，但词名已然盛传于汴京了。

此时，和他一样才名远播的，还有一位苏学士——大名鼎鼎的苏轼苏东坡。

本来，小山对这位苏学士并不感兴趣，但意外的是，这位苏学士却通过鲁直传话说，他想要前来拜望他。

面对这样的邀请，小山只是淡淡地回复说："今日政事堂中，半吾家旧客，亦未暇见也[1]。"

政事堂，当然也就是宰相们办公的地方，即中书门下，小山的意思再直白不过，如今朝廷主政的宰相们，也不过都是他晏家昔日的门生和旧客，连他们小山都不愿意抽空见呢，何况您这位不熟的苏学士呢？

这个回答对苏轼来说，的确是有些扎心。

要知道，苏轼不仅仅是黄庭坚的忘年交，更是黄庭坚的老师啊。

[1] 见陆友仁《砚北杂志》，引自邵泽民说。

而且，这时候的苏轼，早已是政坛新贵兼“文坛盟主”，争着见苏轼一面，希望获得他一二墨宝的人，数都数不过来。苏轼如此段位依然虚心求见他晏小山，而他呢？竟然毫不客气地断然拒绝了！

恐怕，像晏小山一样能够高傲到拒绝苏轼的人，在那时候，应该找不出第二个。

其实，苏轼虽然在年纪上长于晏小山，但论辈分，苏轼的老师是欧阳修，而欧阳修的老师，则是晏小山的父亲晏殊，所以，说到底，苏轼还得喊晏小山一声“师叔”才对。

师叔拒绝师侄的求见，似乎也不是不可以理解。

只是，到底还是有些牵强。

不过没关系，小山有信心，黄庭坚是会理解他的。

他不是不懂这个世界的游戏规则，而是懒得遵守。

他虽然拒绝了苏轼的邀请，但在他那已经几乎封闭的心里，仍有黄庭坚的位置。只是，除了旧日时光，昔日不多的几个好友以外，他实在没有精力再去认识其他新的人物了。

现在他唯一想做的，只是专心整理自己的词作。

毕竟这个世界值得他热爱的，除了爱情，就是自己写的词了。

他已经老了，寂寞困顿的后半生，没有什么可以留恋的，不如就以《小山词》作结吧。

十

在《小山词》的序中，晏小山这样写道：“追惟往昔过从饮酒之人，或垄木已长，或病不偶，考其篇中所记，悲欢合离之事，如幻如电，如昨梦前尘，但能掩卷怃然，感光阴之易迁，叹境缘之无实也。”

如果说，自从父亲去世，追忆昔日年华已成为他人生的主旋律，那么这部《小山词》，便是他追忆半生的献礼。

通过整理这些词作，他回想起很多年轻时一起喝过酒、唱过歌的人，然岁月神偷，这些人都去哪里了呢？有的早已离开人世，有的老病孤舟、漂泊天涯，一生都未能再相见。回想那些一起欢乐的年华，小山只觉得如梦如幻，宛如前尘。

不过没关系，他还有梦。

他始终相信，梦可以穿越生死，穿越距离，穿越时间，让他见到想见的所有人。

哪怕是“梦入江南烟水路，行尽江南，不与离人遇”[1]，他依然要“归来独卧逍遥夜，梦里相逢酩酊天”[2]。

遇上温柔的雨夜，他亦会“卧听疏雨梧桐，雨余淡月朦胧。一夜梦魂何处，那回杨叶楼中”[3]。

他是个痴人，痴痴地回忆着记忆里的人和事，却因为现实的困顿，只能寄希望于梦的帮助。

可即便是梦里，他也会伤心：“彩袖殷勤捧玉钟，当年拚却醉颜红。舞低杨柳楼心月，歌尽桃花扇影风。从别后，忆相逢，几回魂梦与君同。今宵剩把银釭照，犹恐相逢是梦中。”[4]

梦醒了，世界又变成了孤独的回忆，梦里的一切，都是空欢喜。

---

[1] 出自晏几道《蝶恋花.梦入江南烟水路》。
[2] 出自晏几道《鹧鸪天.手捻香笺忆小莲》。
[3] 出自晏几道《清平乐.幺弦写意》。
[4] 出自晏几道《鹧鸪天.彩袖殷勤捧玉钟》。

梦里梦外，他都已是亘古不变的伤心人。

世界已经不再属于他，他对世界已经不再抱有任何期待。

他唯一在意的，只有他恋过的那些人，笑过的那些时光，和做过的那些梦。

“相寻梦里路，飞雨落花中。”[1]

这便是他一生所求，一生所爱。

十一

自序之后，照例小山还应该找其他人也为《小山词》作序，毫不意外地，这个任务落到了黄庭坚的头上。

> 仕宦连蹇，而不能傍一贵人之门，是一痴也；
> 论文自有体，不肯作一新进士语，此又一痴也；
> 费资千百万，家人寒饥，而面有孺子之色，此又一痴也；
> 人百负之而不恨，己信人，终不疑其欺己，此又一痴也。

小山手上拿着鲁直为他写的《序》，读着读着突然眼眶酸涩。

鲁直说，他晏小山有“四痴”，一是明明做官接连受到阻碍，也不愿意攀附权贵；二是虽然文章自成一体，却偏偏不愿意写做官考学的内容；三是花费巨甚而家人饥寒交迫，他却仍然可以保持孩子一般的心态；四是即便是多次被人辜负，他依然可以不怨恨，还

[1] 出自晏几道《临江仙.斗草阶前初见》。

是选择相信别人，始终不曾怀疑自己信任的人。

“这世上最懂我的，还是你啊。”小山说道。

“你这个痴人，写的一部痴语，我自然是要以‘痴’来作评了。”鲁直爽朗地回应。

两个人相视莞尔，一切已尽在不言中。

《小山词》问世后，他晏小山的词名更盛了，不过，这却给他带了一些麻烦。

大观元年（1107年），大奸臣蔡京由左仆射职位荣升为太师，接受八宝，权势正盛。

一向不喜欢权贵的晏小山，自然对这位蔡太师也是一百个不关心、不在意、看不上。

但无巧不成书，蔡京作为权臣，也喜欢附庸风雅，读了《小山词》以后，更是成了小山的狂热粉丝，每天必要读上几遍《小山词》，可以说是爱不释手。

久而久之，蔡京便下定决心，在重九、冬至这两天，接连两次派人来找小山，说是希望小山能为他写词。

“鲁直，你看这邀请，哪里是邀请，分明就是威胁啊。”小山向黄庭坚抱怨道。

可抱怨归抱怨，小山心里很清楚，面对苏轼这样的君子，他就算孤傲拒绝，苏轼也不会对自己怎么样，因为人家是君子，坦坦荡荡，尊重彼此，可面对蔡京这样的小人，就不是这回事了。

小人一旦被拒绝，尤其是一个大权在握的小人，那麻烦之大，想都不用想。

所以小山很烦，一大把年纪了，还要被人逼着写词，完全违背了他的人生信条，想来想去，他写了这样两首词打发了蔡京：

九日悲秋不到心，凤城歌管有新音。风凋碧柳愁眉淡，露染黄花笑靥深。初见雁，已闻砧，绮罗丛里胜登临。须教月户纤纤玉，细捧霞觞滟滟金。

——《鹧鸪天·九日悲秋不到心》

晓日迎长岁岁同，太平箫鼓间歌钟。云高未有前村雪，梅小初开昨夜风。罗幕翠，锦筵红，钗头罗胜写宜冬。从今屈指春期近，莫使金尊对月空。

——《鹧鸪天·晓日迎长岁岁同》

不愧是晏小山。

说是为蔡京写词，却两篇一百一十个字，字字不提蔡京，只限歌咏太平。

他终究还是没能学会低下自己孤傲的头颅。

其实，他只需在词作中稍加溜须拍马，或许，就可以改善一下自己和家人的生活水平。但是他到底没有做。

不是不会，而是……不屑。

十二

长相思，长相思。
若问相思甚了期，除非相见时。
长相思，长相思。
欲把相思说似谁，浅情人不知。

——《长相思·长相思》

大观四年（1110年），小山已经年过古稀。

连他自己也不承想到，在无限的追忆中，他竟也走过了如此漫长的岁月。

现在，他追忆够了。他不想再追忆了。

死亡在向他招手，他终于不再寄希望于梦了。

来世，如有来世。

他应该还会做一个痴人吧。

不知道他爱恋的那些美好的人儿，此时此刻在何时何地，但他想，只要有来世，或许，他们还可以再相逢，互道今生的相思。

那样，该是多么美好啊。

一如他们美丽的曾经。

这样想着，他便安详满足地闭上了眼睛。

一个伤心的痴人，就此，与世长辞。

唯一留下的，只有一部《小山词》。

但，只这一部《小山词》，就已足够。

足够说尽他的一生相思、半世追忆。

<table>
<tr><th colspan="6">宋词江湖角色表——晏几道</th></tr>
<tr><td>姓名</td><td colspan="5">晏几道，字叔原，号小山</td></tr>
<tr><td>生卒年</td><td colspan="5">1038—1110年</td></tr>
<tr><td>江湖身份</td><td colspan="5">北宋时期杰出词人</td></tr>
<tr><td>江湖称号及成就</td><td colspan="5">晏几道是北宋词坛写小令的“第一人”，与其父晏殊分别被称为“大晏”和“小晏”，著有词集《小山词》传世；
晏几道的词清壮顿挫，极大地融合了其父典雅富贵及柳永旖旎流俗的词风，使得小令词在宋初的发展到达了一个高峰，塑造了既雅又俗的经典音乐形象，其以梦写情的创作手法，亦对后世词坛产生了十分深远的影响</td></tr>
<tr><td>人物评价</td><td colspan="5">夏敬观：“晏氏父子，嗣响南唐二主，才力相敌，盖不特词胜，尤有过人之情。叔原以贵人暮子，落拓一生，华屋山邱，亲身经历，哀丝豪竹，寓其微痛纤悲，宜其造诣又过于父。山谷谓之‘狎邪之大雅，豪上之鼓吹’，未足以尽之也。”</td></tr>
<tr><td rowspan="3">知识链</td><td colspan="5">与晏几道有关的成语</td></tr>
<tr><td>春梦秋云</td><td>金鞍玉勒</td><td>诗酒风流</td><td>坐吃山空</td><td>每况愈下</td></tr>
<tr><td>得失荣枯</td><td>闭门不出</td><td>杯酒言欢</td><td>锦衣玉食</td><td>多情善感</td></tr>
</table>

柒

一生追光而行，有情、有义、有梦

王诜.玉楼春思图

一

熙宁七年（1074年）十月某日。

天高气爽，阳光明艳，秋风裹挟着一丝凉意，掠过扬州一座清幽的古刹，翻转了地上的落叶，也吹动了一个男子的发丝。

他身形魁梧，胡须浓密，看上去并不是一般书生气质。但他手中握着一支笔，笔走龙蛇，挥毫泼墨，在寺壁上挥笔题诗。

待诗成，他郑重地在一侧落款署名：苏轼。

他的嘴角挂起一丝笑意和期盼，然后转身，满意地离去。

但他显然不是苏轼。

彼时的苏轼将近不惑之年，那男子不过是二十有余的年纪。可这是怎么回事？莫非是哪家公子一时兴起的盗名恶作剧？

日月交替，一页一页地翻拨时间，终于翻到了答案。

又是一日，真正的苏轼伫立在寺壁之前，摩挲着下巴，皱着眉头，陷入纠结的深思：我有在这里题过诗吗？

莫非是记忆出现了偏差，自己究竟是什么时候这里留下了这首诗？他百思不得其解。

连一旁的友人都说："这行文错落有致，用墨丰腴，既有力量，又有风姿，的确是苏兄你的书写风格。"

来人正是真正的苏轼，后来，他在老朋友那里读到了一首名为秦观的诗作，恍然慨叹，"向书壁者，岂即此郎耶？"

自此，秦观的名字深深地印在苏轼的心里。

这一切正是来自二十六岁的秦观策划的一次隔空神交。他仰慕苏轼，听闻苏轼即将经过扬州，将与名流同游平山堂、大明寺等名胜，他便提前来此处，希望以这样出其不意的方式，引起苏轼的注意。

机会是留给有准备的人的，果然，这个大胆的年轻人被苏轼记住了，他后来的人生也与苏轼产生了千丝万缕的关系。

这一切，还要从头说起。

二

至和元年（1054年），在一座宁静而典雅的宅院里，一个六岁的孩童正坐在精致的竹椅上，脸上洋溢着满足和幸福的笑容。他的手里捧着一块香甜的糕点，享受着她绵软的口感和甜蜜。

孩童的身旁站着一个身着长袍气质儒雅的男人。孩童时不时地歪着头，打量着这个他，心中充满了疑惑和好奇。

这时，母亲笑盈盈地走过来，轻声说道："孩儿，快喊人，这是你父亲。"

孩童愣了一下，然后瞪大了眼睛，看着眼前的男人，心中涌起了一股莫名的情感。

他的父亲名叫秦元化，是个很爱读书的人。这次他远行归来，不仅给他带回了各种精美的点心，带回了很多书本，还给他起了一个名字——秦观。

父亲给他讲了太学里的故事。父亲说太学里的那些同窗，各个都才华横溢、文采风流，其中最出类拔萃的就是王观、王觌两个兄弟。

秦观发现，一提到这两个名字，父亲好似更激动了，他滔滔不绝地讲了这两个人的精彩辞章，巧妙文思。

当时的秦观虽然是个孩子，但是心思敏锐，从父亲激动的神色中，他明白父亲大概是希望自己像这两个人一样优秀，所以才会给他起了这个名字。

聪慧的秦观不负所望，发奋苦读，饱览经史子集。他真的如同父亲期望那般，拥有了王观一般的斐然文采，一转眼就长成了一个豪放俊秀的郎朗少年，甚至超常发挥，在吴兴太守孙觉的指导下，读了不少兵书，还写下了《郭子仪单骑见虏赋》《吴兴道中》《陈令举妙奴诗》《陪李公择观金地佛牙》等与军事相关的诗篇。

二十多岁时，秦观已经是一个博览群书、见多识广的年轻人，他纵游湖州、杭州、润州（今镇江）各地。在十多年的学习和游历过程中，他也有了自己崇拜的人——苏轼。

文坛领袖苏轼的大名如雷贯耳，让秦观心驰神往。那时的他也理解了父亲曾经对他讲王观、王觌两个兄弟时的激动之情，那是对偶像的敬仰。因为他也会时不时地跟友人推荐苏轼，那时他也会滔滔不绝，神色激动。

苏轼成了秦观文学世界的太阳，他要追光而行。于是，他日夜研读苏轼的文学作品，试图从中探寻到苏轼的思维方式和创作灵感。有时候，他会情不自禁地想象，若我是他，该怎样创作？在这样的研究揣摩中，他的文笔一日千里。

三

元丰元年（1078年），徐州，苏府。

秦观跟在友人李常的身后，有些紧张地摩挲着手指。其实，这些年他去过很多地方，见过很多人，但这么紧张还是第一次。

秦观此次是从高邮前往京师应举，途经徐州，得好友引荐，见到了他仰慕已久的苏轼。

彼时，朝中处于大变局，以王安石为首的改革派轰轰烈烈地大搞变法。反对变法的苏轼意识到自己无法扭转时局，在京城硬留下去，注定会被改革派当成靶子，被打成筛子，便主动申请到离京去外地为官，徐州正是其中任职之地。

才高八斗的苏轼，在地方做官一点没觉得委屈，反而是好吃好喝好好工作，把日子过得很滋润，人都胖了不少。

与苏轼的这次会面，比秦观想象中的要轻松。他觉得苏轼比他听说的、想象的更有气度，也格外的风趣。

苏轼跟他谈诗文、推荐美食，还调侃了他当年冒名题诗的小把戏。

“你这后生啊，差点让我怀疑自己的记性。”苏轼调笑道。

“让您见笑了。”秦观不好意思地挠头，心里不免有些小紧张。

苏轼摆摆手说：“无妨无妨。你的笔法模仿得太像了，一定是下了不少功夫。”

他的笑如清风朗月，让秦观紧缩的心舒展开来，聊天的时候也更加从容。

秦观开始滔滔不绝地讲述自己如何与苏轼的文章结缘，介绍自己的过往，畅谈对诗词的想法……

随着秦观的讲述，苏轼的眼眸越发明亮，又有了激赏之色。他想，这样好的苗子，可得及时下手，不然怕是要被别人抢了去。最后苏轼向秦观抛出了橄榄枝：“做我苏门的学生可好？”

秦观激动得难以言表，连连点头。随后，秦观以弟子之礼相见，举行了庄重的拜师仪式。后人描述当时的场景称：“秦观执弟子礼，仪态雍容，论说雄辩。”

不久后，秦观启程进京应举，苏轼为他送别，对他勉励，也教他从容。

临别之际，秦观依旧感慨觉得这一切如梦，曾经感觉遥不可及的偶像，如今竟成了自己的老师。激动的心情无以言表，于是作了《别子瞻学士》相赠，诗中写道："我独不愿万户侯，惟愿一识苏徐州。"苏轼也回赠了一首《次韵秦观秀才见赠，秦与孙莘老、李公择甚熟，将入京应举》。

秦观斗志昂扬地奔赴考场，而他的命运线也与苏轼暗暗地缠绕了在一起。

四

还是那年，秋风扫过落叶，也送来了秦观落第的消息。他眉目低垂，满心怅惘地回到高邮。

在家乡，他闭关苦读，时不时地有感而发，写一些诗文，作有《掩关铭》《叹二鹤赋》《黄楼赋》等。他也会时不时地内耗，自我反省，自我谴责。自信也在反复思量之中一点点地被挫磨。

苦闷之际，他给老师去信："我是能力很差的人，做事不够圆滑漂亮，不符合世俗理想。有时为生活所迫，勉强去做点事情，但每个人都有自己做事的方法，我好像总是合不到一起去。亲戚朋友都嘲笑我愚蠢，都是合理的，应该的……"

他像霜打的庄稼一样，满身泥泞，落魄至极。

很快，他收到老师的回信。老师言语之间对他劝勉，跟他谈心，劝他想开。

人生嘛，开心最重要。

紧接着，苏轼又是一顿顶级夸夸，对秦观写的《黄楼赋》大加赞赏，并写诗称赞道："我坐黄楼上，欲作黄楼诗，忽得故人书，中有黄楼词……雄辞杂古今，中有屈、宋姿。"

屈原和宋玉，那都是文人的集体膜拜的偶像，这赞誉可不一般呐。

苏轼的回信给秦观注入力量。他时常拿着这些信读了又读，并郑重地回信，或者作诗应答唱和。那些文字，如和风细雨，融化了他内心的忧愁，冲淡了落榜的悲伤。

后来的日子，秦观的眉目变得舒朗，日子也充实惬意。他继续发奋读书，和老师，以及老师的弟弟苏辙多有书信往来，还曾结伴同游。

然而，诗酒趁年华的日子被一个噩耗打破，他敬爱的老师身陷囹圄。

不久前，苏轼迁任湖州。依照惯例他应上表致谢。在撰写《湖州谢上表》时，苏轼无意间吐露心声："陛下明知我愚钝不堪，不合时宜，难以追随新进之士；又察我年迈无争，或能牧养小民。"

字里行间，可见苏轼谦逊之意，并无生事之嫌。然而，一句无心之言竟被别有用心之人断章取义，上书参劾，历数苏轼之罪，谓其品行不端，竟敢对圣上不敬，应立即处以极刑。于是，苏轼因"乌台诗案"被捕入诏狱。幸得王安石等人斡旋，苏轼得以免去一死，被贬为黄州团练副使。

闻此消息，秦观心如刀绞。这么好的老师，竟遭此灾祸，实在不应该。他曾渡江到吴兴探询，还想去黄州探视苏轼，偏偏那段日子接连生病，无力成行，只能托苏辙慰问信转交恩师。

秦观的惦念让苏轼很感动，他觉得果然没有看错人，他的学生不光才学出众，更有情有义。所以当秦观再次落榜时，苏轼出手了。

这么好的学生，可得帮帮他。

于是，苏轼在给王安石的书信中极力推荐秦观："义行修洁，才思敏捷。"

不久，王安石回信赞秦观诗"清新妩丽，似鲍谢之篇"。

看到，王安石的回信，苏轼得意的嘴角上扬，暗赞这介甫[1]老哥真有眼光。

五

苏轼、王安石两位文坛领袖对秦观赞誉，并非虚言。

元丰七年（1084年）的中秋佳节，扬州城的瘦西湖畔热闹非凡。五亭桥西北角的云山阁，经过多月的精心修筑，终于在这一天呈现在众人面前。吕太守选择在此举办一场盛大的宴会，邀请各方名士雅客共赏明月、共品佳肴。

早在当年五月，年轻的诗人秦观便迫不及待地致书吕太守，表达了敬意，并附上自己的诗文，期望得到这位名满天下的太守的赏识。而此刻，他受太守之托，要提前为这场中秋盛宴创作一首诗。

秦观畅想着自己站在云山阁上，阁楼高耸入云，仿佛与低空相接。五彩的旌幢在月光下摇曳生姿，如同仙子的衣裙般飘逸动人。当他凝视着这一切时，心中涌起一股豪情，便挥毫泼墨，提前创作了《中秋口号》[2]。

[1] 王安石，字介甫，号半山。

[2] "口号"是宋代供乐工所唱之词。

云山檐楯接低空，公宴初开气郁葱。
照海旌幢秋色里，激天鼓吹月明中。
香槽旋滴珠千颗，歌扇惊围玉一丛。
二十四桥人望处，台星正在广寒宫。

吕太守收到这首诗后，眼中闪过一丝惊喜。诗句中，中秋盛宴的热闹场景栩栩如生，仿佛每一个细节都跃然纸上，他似乎已经沉浸在热闹的宴会中。

他高声诵读着诗句，对秦观的才华赞不绝口。当即，邀请秦观共席，将其奉为上宾。

然而，中秋当晚的天公并不作美，厚厚的云层遮挡了明月，天空变得阴沉起来。太守惋惜，如此美诗，却无法与今晚的明月相映成趣，真是遗憾啊。

秦观却从容不迫，他微笑着说："无妨，无妨！"

他即席创作了一首新诗。诗中，他巧妙地将现场的气氛呈现出来，尤其是诗的末句："自是我公多惠爱，却回秋色作春阴。"既表达了对吕太守的敬意，又巧妙地迎合了当晚的气氛。

吕太守读罢新诗，喜笑颜开，连声赞叹："妙！妙！妙！"在场的宾客也都被秦观的才思敏捷折服，纷纷称赞他"翻手作云覆手雨"。

难怪秦观的师兄黄庭坚，曾写诗云："闭门觅句陈无己，对客挥毫秦少游。"陈师道[1]在创作时如同大病一场，需要绝对的安静与孤独，而秦观能在热闹的宴会上挥洒自如，对客挥毫，这正是他独特的魅力所在。

[1] 陈师道，字履常，一字无己，号后山居士，"苏门六君子"之一。

六

元丰八年（1085），春和景明，万物复苏。一小酒馆内，秦观与陈师道相对坐。桌子上一壶淡酒，几碟小菜。两人轻抿美酒，品尝佳肴，三言两语聊着人生。

此时，陈师道东都为客，秦观由高邮赴京准备应试，二人得以重逢。

许久未见，陈师道明显感觉到秦观的变化，他变得沉稳许多，也少了很多锐气。

秦观轻叹一声，感慨道："想当年，我如同杜牧一般志强气盛，学习兵法，立志从戎报国，渴望在疆场上建功立业。只是现实残酷，我已经两次落榜……"说到这里，他的眼神中透露出一丝无奈和失落。

陈师道轻轻拍了拍秦观的肩膀，安慰道："太虚兄，你切勿妄自菲薄。你的才华有目共睹，苏老师对你的赞赏绝非虚言。只要你继续努力备考，相信这次定能高中。"

秦观苦笑："此次也正是苏老师鼓励我继续应试，我必定会全力以赴。只是，前途难测啊。"他顿了顿，继续说道，"哦对了，我打算将字改为'少游'。"

陈师道闻言一愣，问道："为何？"

秦观解释道："我希望能够还四方之事于朝廷，然后归老于故里，享受田园生活。就像马少游[1]一样，安于一隅，过上平静的

[1] 马少游，是汉将马援从弟，志向淡泊，无意功名，后世很多人马少游作为士人知足求安的典型。苏轼也喜马少游，有诗云："雪堂亦有思归曲，为念平生马少游。"

日子。”他的眼神中透露出一种向往和期待。

曾经秦观以“太虚”为字，“太虚”是“天”的同义词，象征着心志高远、胸怀壮志。而如今他改字为“少游”，似乎意味着他打算放弃曾经的远大志向，选择过上一种更加平淡、安逸的生活。

陈师道心中不禁有些叹惋，但他隐约猜测到秦观其实并未完全放弃壮志，只是在降低自己的心理期待为有可能再次落榜做心理铺垫。

然而，他并没有说破这一点，而是端起酒杯笑着向秦观祝酒，祝他此次能得以高中。

两人的酒杯在空中轻轻相碰发出清脆的响声，像是心底的某种宣告。

七

从“太虚”到“少游”，在秦观似乎放下功名的时候，功名却来了。

同年，秦观进士及第，后被授予官职。当他双手微微颤抖地捧着任命状时，面色如常，内心深处却翻江倒海。

这么多年的热切期盼，终于进士及第。他曾无数次地幻想过这一刻的到来，但当它真正降临时，秦观感到一种前所未有的压力。他忍不住问自己：“政局变幻莫测，仕途坎坷难料，我真的能走好吗？”

然而，这个疑问只在他的脑海中一闪而过。他迅速振作精神，坚定地告诉自己：“我要全力以赴，不能给老师丢脸。”

初任官职虽小，总归是一个充满希望的开始，他从中看到了无限的可能。于是，他满怀激情地写下了《拟郡学试东风解冻》一诗，表达了自己的豪情壮志："更无舟楫碍，从此百川通。"

这一次，他再次燃起了熊熊斗志。他坚信，只要自己努力，那扇通往成功的大门就已经为他敞开，登楼入阁、平步青云的日子还会远吗?

真的不远了。

秦观在地方官的任上，兢兢业业，埋头苦干。元祐二年（1087年），苏轼向朝廷推荐参秦观参加人才特招的制举[1]考试。

第二年春天，秦观满怀信心地赴京应试。在京师，他与师兄黄庭坚、张耒、晁补之重逢。他们一起品尝美酒佳肴、畅谈天下大事、赋诗作词。

那一年的京师，春意盎然、繁花似锦。

那一年的他们，意气风发，也处在风口浪尖。

秦观受老师举荐应试，于是，他掏出了多年对军事政治的研究成果，激情澎湃地写了几十篇策论，全部进献朝廷。

可惜，他的英雄梦在纸墨间腾起，也在纸墨间归寂，他的策论没有得到朝廷的回应。

他的心血都被冷待了，可他的风雨却来了。

自王安石推行熙宁变法以来，朝中针对变法的态度，分成了新旧党两派。随着掌权者的更迭，新旧两党的力量也处于变化中，此消彼长。

苏轼却是一个敢说真话，敢于批评的人。所以，他不融于两

[1] 制举，或称制科举或特科，是皇帝临时有目的下诏令设置科目以选拔特殊人才的一种考试形式。《新唐书·选举志》载："其天子自诏者曰制举，所以待非常之才焉。"这种考试由皇帝特别下诏，亲自主持，倘若考生顺利通过后，便可加快晋升步伐。当然这种考试难度也是相当大，两宋合起来一共才有四十人左右考上。

党，在政治力量变化中他成为被清算的对象。不久后，苏轼也以龙图阁大学士之名出任杭州知州。

秦观无意党争，但作为“苏门四学士”之一的他，已经在宦海中与他的恩师搭乘了同一条船。每当苏轼的身影在朝廷中若隐若现时，秦观的仕途也随之起伏不定。时而被推上浪尖，时而又被卷入深渊。

终于有一天，随着苏轼回朝，秦观也重新在朝廷中站稳了脚跟。他担任太学博士，负责校对黄本书籍，后来又去秘书省供职，并担任国史院的编修官。

秦观仿佛置身于人生的巅峰，他经常和当时最有名望的文人雅士们聚会宴饮。他们在一起高谈阔论，切磋诗词歌赋。还有机会欣赏到宫藏法帖，遍览王羲之、钟繇、怀素等书法名家的真迹。

在那段时光里，秦观的快乐似乎又回来了。他找回了年轻时冶游豪荡的感觉，生活充满了诗意和激情。他深知这一切都来之不易，也保持着警惕和谨慎。

只是，这样的日子终是没能长久，北宋后期的朝堂凶险无比，一不小心会跌入万丈深渊。

八

“雾失楼台，月迷津渡”秦观的仕途又一次被政治的迷雾笼罩。

绍圣元年（1094年），秦观因“浮薄小人、影附于轼”的罪名被贬。从此开始，秦观和他的老师苏轼同频，被一贬再贬。人生愁云密布，内心波涛汹涌，文字成了他的出口，他的诗词也更上一层楼。

秦观的词之所以惊艳，是因为他敏感的内心总是有着丰富的情感和情绪在流动。这种敏锐而浓厚的情感不光来自师生情谊，仕途起伏，也有一部分来自感情。

他曾爱过很多人，他对每一个女子都深种情根。

他曾娶妻徐氏，又纳朝华为妾，对风月女子亦是有情。

他在蔡州任学官时，就曾与歌女娄东玉和陶心儿往来甚密，为她们分别写作了《水龙吟》和《南歌子》。在游历会稽时，受当地太尉程辟的设宴邀请，酒席上，他被一歌女吸引，并作词《满庭芳》。

山抹微云，天连衰草，画角声断谯门。暂停征棹，聊共引离尊。多少蓬莱旧事，空回首、烟霭纷纷。斜阳外，寒鸦万点，流水绕孤村。

消魂当此际，香囊暗解，罗带轻分。谩赢得、青楼薄幸名存。此去何时见也？襟袖上、空惹啼痕。伤情处，高城望断，灯火已黄昏。

——《满庭芳·山抹微云》

这首词，也成了传唱度极高的佳作，苏轼极欣赏其首句“山抹微云”，故称秦观为“山抹微云君”。

绍圣三年（1096年）春，秦观被贬谪自监处州酒税，南迁至郴州。途中经过长沙，他特意探访当地的风土人情，在这里，他邂逅了一位美丽真诚的歌女。那女子姿容优美，情感真挚，如清泉一般滋润着他干涸孤寂的内心，让他深感相见恨晚，于是，他表明了自己的身份。

当歌女得知眼前这位温文尔雅、学识渊博的人竟是名满天下的文人秦观时，既感到惊讶又兴奋不已。她热情地款待了秦观，并为他演唱了淮海乐府中的经典曲目。

在接下来的数日里，两人相互倾心，情感迅速升温。他们一起欣赏长沙的美景，品味当地的美食，畅谈诗词歌赋。秦观暂时忘却了贬谪的苦难和孤独。

然而，人总要面对现实，分离转眼而至。秦观贬谪的路还要向南而去，歌女与他洒泪而别。

临别时，那女子不舍地表达心意："此生唯愿侍奉郎君左右。"

秦观许诺："一旦北归重逢，我们便共赴美好生活。"

到了郴州，秦观日夜思念着他的恋人，然而身负罪责，两人相聚变得遥不可及。

绍圣四年（1097年）七夕，牛郎织女该到鹊桥相会了，秦观却无法与思念的人相见。于是，蘸着浓情填了词。

纤云弄巧，飞星传恨，银汉迢迢暗度。金风玉露一相逢，便胜却人间无数。

柔情似水，佳期如梦，忍顾鹊桥归路。两情若是久长时，又岂在朝朝暮暮。

——《鹊桥仙·纤云弄巧》

可惜后来，一别数年，再相逢时，已经是天人永隔。

秦观在词作中，毫不掩饰地展示着自己丰富的感情和敏感的内心世界。然而，这种坦诚和直露也为他招来了不少非议和麻烦。

有一次，理学宗师程颐见到秦观时，询问他："'天若有情，天也为人烦恼'，此词可是出自你手？"

秦观一听这话，以为自己的词作得到了赞赏。他忙不迭地拱手致谢，脸上洋溢着笑容。

然而，程颐面露不悦之色，语重心长地提醒道："上天威严，岂能轻易亵渎？”

秦观的多情与程颐的严肃，代表着两种截然不同的价值观和审美取向。秦观这样一个感性、多情、诗意的人，也注定不为士大夫所容。

不少台谏之士们抓住秦观这一“弱点”，对他进行了严厉的批评和攻讦。他们指责秦观的词作有伤风化，甚至将其上升到政治高度。

各种不利因素堆叠，秦观的仕途路，越走越暗。

九

秦观与老师苏轼同为被贬之人，却活出了两种全然不同的状态。

苏轼的豁达与随遇而安，让他走到哪里吃到哪里，日子过得始终都很潇洒，在任何地方都能找到生活的乐趣。

而秦观，他的敏感、深情和多思，既赋予了他无与伦比的才华，也成为他痛苦的源泉，将他推向深渊。

他因为政事丧失了信心，作了《千秋岁·水边沙外》。

水边沙外，城郭春寒退。花影乱，莺声碎。飘零疏酒盏，离别宽衣带。人不见，碧云暮合空相对。

忆昔西池会，鹓鹭同飞盖。携手处，今谁在。日边清梦断，镜里朱颜改。春去也，飞红万点愁如海。

可见，这个时期他已经“愁如海”，这片海让他文思泉涌，也终将让他窒息。

绍圣二年（1095年），秦观学会了苦中作乐，找到了解忧的方式。他常与僧人交往，或于佛堂中谈经论道，或于茶室中品茗论禅。

他以为，自己在世俗之外找到了灵魂栖居之地。可没想到，精明的政敌像闻到血腥的蚊子，抓住他“谒告写佛书”的把柄，说在职期间屡次请假前往寺庙抄写佛经，是严重的亵渎。他们断言，秦观如此行径，这肯定是对朝廷贬谪的不满，这是不可饶恕的罪行。

三人成虎，其罪昭昭。

于是一纸诏书，秦观被“削秩徙郴州”，被剥夺了所有的官位品级，发配郴州。

绍圣四年（1097年），苏轼被贬海南儋州，秦观被贬湖南郴州。师徒二人，同时成为天涯沦落人。

秦观颠簸到了郴州，在一家旅舍，于极度苦闷之中，写下：

雾失楼台，月迷津渡。桃源望断无寻处。可堪孤馆闭春寒，杜鹃声里斜阳暮。

驿寄梅花，鱼传尺素。砌成此恨无重数。郴江幸自绕郴山，为谁流下潇湘去。

——《踏莎行·郴州旅舍》

前方的路越走越寒冷，人生，还有什么路可走吗？

当秦观呼出“可堪孤馆闭春寒，杜鹃声里斜阳暮”这样的凄厉之声时，他的心境已经荒芜。

可后来他发觉，原来绝望之后，还有更深的绝望。

紧接着，他又被移送雷州编管。甚至被抹去名字，不得叙用，他就像一缕孤魂在雷州飘荡。而所谓的“编管”，不过是让他在指定的角落里苟且偷生，一举一动都受到严密的监视，失去了最基本的人身自由。

在这无边的苦海中，唯一的一丝温暖便是与苏轼的诗书往来。

苏轼依旧是他的光，支撑着他的世界，慰藉了他的灵魂。

只可惜，敏感的秦观，在颠簸的命运里尝到人生辛酸百味。他学习了不少老师的文思，却始终学不会老师的豁达。

此时的苏轼，正安于儋州，品味肥美的生蚝，还能调侃生怕朝中士大夫来抢他的美味。而秦观的内心抑郁愤懑，怅然道："南土四时尽热，愁人日夜俱长，安得此身作石，一时忘了家乡。"

十

元符三年（1100年）元月，宋哲宗驾崩，宋徽宗即位。

苏轼等被召回内地，秦观也被复官宣德郎，放还衡州。可秦观高兴不起来，因为他似乎预见了自己的人生，已经摇摇欲坠，便自作挽词：

> 婴衅徙穷荒，茹哀与世辞。官来录我橐，吏来验我尸。藤束木皮棺，槁葬路傍陂……空蒙寒雨零，惨淡阴风吹。殡宫生苍藓，纸钱挂空枝。无人设薄奠，谁与饭黄缁。亦无挽歌者，空有挽歌辞。
>
> ——《自作挽词》节选

可这诗写得阴恻凄厉，白日读了都脊背发寒，实在不是个好兆头。

五月，朝廷大赦的喜讯传开。六月，苏轼内移廉州，途经雷州，两人相见。

某个温暖的午后，阳光透过稀疏的云层，洒落在雷州一处幽静的庭院里。

苏轼，这位已经六十四岁的文坛巨匠，在仆人的引领下，步履蹒跚，缓缓而行。

秦观站在庭院的一角，五十二岁的他，鬓发已略显斑白，见老师前来，连忙上前迎接。他们相视而笑，然后紧紧地拥抱在一起。

一别多年，满面风霜，他们成为名副其实的“两衰翁”。

秦观有太多感慨，关于诗词、政局、经历、心迹等。最后却没有说出口，人生种种皆成过往。二十年的时光流转，他们各自经历了风雨沧桑，生活的艰辛与无奈可想而知。

最终，他们把二十年的思念与感慨化为一杯杯美酒，一饮而尽。

酒入愁肠，万般滋味，皆是人生。

秦观把这次相聚郑重地写到了诗词里。

南来飞燕北归鸿，偶相逢，惨愁容。绿鬓朱颜重见两衰翁。别后悠悠君莫问，无限事，不言中。

小槽春酒滴珠红，莫匆匆，满金钟。饮散落花流水各西东。后会不知何处是，烟浪远，暮云重。

——《江城子·南来飞燕北归鸿》

没想到，这是他们最后的重逢，这也是秦观最后一首词。

这次相见，秦观还给老师看了他的挽词，苏轼读后心里一凉，好生安慰一番。

在苏轼眼里，秦观是他最得意的学生，可始终教不会他淡然，擦不掉他内心的敏感。

又或许，敏感就是秦观生命的底色，没了这份敏感，也就没了那些文思，没了那些骄傲与落寞，也没了那些精彩词章。

那么，秦观也就不是秦观了。

十一

七月秦观自雷州启行，八月至滕州。

自上次见了苏轼，秦观的心情舒畅了许多，似是了却了心事，再无牵挂。

一个阳光明媚的日子，他在滕州当地游览，至光化亭中，在此饮酒小憩，不一会儿酒醉入梦。

梦中他仿佛看到了父亲给他取名秦观的期待，看到了自己年少时挥毫泼墨的风采，看到了情人不舍的眼泪，看到了老师畅谈理想的意气风发，看到了和同门师兄恣意豪放的诗酒年华……曾经种种，真是美好啊！

他只睡了一会儿，却仿佛过了长长的一生。

醒来后，他顿觉口渴，命人取水来。待水端来后，一抹笑影映在水中，而秦观早已没了呼吸。又或许，他只是永远地回到了梦中。

苏轼听闻秦观的死讯后，感叹道："少游已矣，虽万人何赎！"

次年，苏轼也在常州与世长辞。

师徒二人，先后穿越了死亡线，在时间之外重逢。

秦观若是生在一个普通时代，可以老老实实地从小官吏做起，慢慢升迁，熬到退休，可以度过一段安稳顺遂的人生。

可偏偏他生于北宋之末，又执意地要追光而行，与苏轼的命运相交。他的生命有了闪耀的高光，也留下了浓重的阴影。

不知，这一生他是否有过后悔？

他的累累诗篇，他波澜的人生，足以给出一个笃定的答案。

此生，有情，有义，有梦。追光而行，无怨无悔！

<table>
<tr><th colspan="6">宋词江湖角色表——秦观</th></tr>
<tr><td>姓名</td><td colspan="5">秦观，字少游，一字太虚，号淮海居士，别号邗沟居士</td></tr>
<tr><td>生卒年</td><td colspan="5">1049—1100年</td></tr>
<tr><td>江湖身份</td><td colspan="5">北宋时期大臣、词人</td></tr>
<tr><td>江湖称号及成就</td><td colspan="5">秦观与黄庭坚、晁补之、张耒三人并称为“苏门四学士”。他在文坛上独树一帜，以其非凡的文学才华和清新婉丽的诗词风格，赢得了广泛的赞誉。尤其是那首脍炙人口的《满庭芳》，为他赢得了“山抹微云君”这一美誉；
秦观的作品不仅数量众多，而且种类繁多，涵盖了诗、词、文等多个领域。著有《淮海集》《劝善录》《逆旅集》等</td></tr>
<tr><td>人物评价</td><td colspan="5">宋代女词人李清照：“后晏叔原、贺方回、秦少游、黄鲁直出，始能知之。又晏苦无铺叙。贺苦少重典。秦即专主情致，而少故实。譬如贫家美女，虽极妍丽丰逸，而终乏富贵态。”</td></tr>
<tr><td rowspan="3">知识链</td><td colspan="5">出自秦观的成语</td></tr>
<tr><td>一望无际</td><td>砺世磨钝</td><td>碌碌无闻</td><td>断梗浮萍</td><td>妙舞清歌</td></tr>
<tr><td>破家败产</td><td>神工天巧</td><td>隐忍不发</td><td>柔情似水</td><td>蟠龙踞虎</td></tr>
</table>

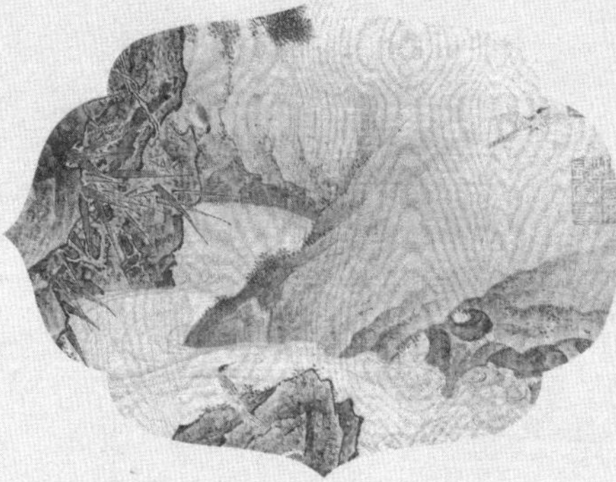

捌

贺铸的两面人生

宋.佚名.画松涧山禽图

一

建中靖国元年（1101年）某日，天高气爽，万里无云。姑苏城的街道上人来人往，车马络绎不绝，一派繁华盛景。

孤独的贺铸在熙熙攘攘的人群中显得格外落寞，每一步都沉重无比，仿佛脚下拖着千斤重锁。他的鼻子微微发酸，眼眶的泪揉碎了人间欢喜，满是伤感。

他觉得自己就像是一棵遭到霜打的梧桐树，半生半死，失去了往日的生机与活力。又好似一只白头失伴的鸳鸯，孤独地飞翔，无枝可栖。

他不断地在心里问自己："为何曾与我同来的妻子不能与我同归？"

他流连于旧日同栖的居室，追寻着欢声笑语和温馨回忆。又徘徊于垄上的新坟，那是他妻子长眠的地方。每当想到这里，他的心就像被撕裂开来，痛得无法呼吸。

夜幕降临，贺铸躺在空荡荡的床上，听着窗外的凄风苦雨，闭上眼睛，试图在梦中寻找一丝慰藉，却被愁绪紧紧捆绑。

这样一个面色青黑，身形粗犷的男人，难过得像个被抛弃的孩子一般。

伤心的人，是世界的靶子。一缕和美的阳光都能刺痛伤心人，更何况那凄风苦雨，故居新坟，一幕幕都正中靶心。

对贺铸而言，现实和回忆都是残酷的。现实宣告着妻子的死亡，而回忆又将他的心反复撕碎拼合。他回忆着妻子为他挑灯缝补衣衫的情景，又只能感叹："今后还有谁再为我深夜挑灯缝补衣衫！"

他在努力地寻找妻子的痕迹，寻找着她的踪迹。

苏州依旧是那个苏州，可万事皆非，这已经不是他的苏州了。

贺铸悲从中来，写下一首与苏轼齐名的凄美悼亡之作：

重过阊门万事非。同来何事不同归。梧桐半死清霜后，头白鸳鸯失伴飞。

原上草，露初晞。旧栖新垅两依依。空床卧听南窗雨，谁复挑灯夜补衣。

——《鹧鸪天·重过阊门万事非》

人生越往深处走，就失去得越多，他越发领悟，痛苦和伤心原来有千万种滋味。

二

年少时的贺铸，没有愁苦，只有豪情。

他宛如侠客破空而出，一身的少年侠气，四溢难挡。

的确，那时的他一直向往做一个侠士，成为一个武将，做个顶天立地的大英雄。

他身长七尺，面色青黑，眉毛直竖。他的行迹如风，游走于繁华都市。真诚待人，肝胆相照，每一次遇见不公之事，他便会义愤填膺，挺身而出。他与一群志同道合的豪杰，狂放不羁，高呼着同生共死的誓言，颇有先秦汉初的游侠之风。

他们轻车简从，结伴同行，游走于京城的郊外。在酒肆中，他们豪饮如长鲸吸水，如垂虹饮涧。有时，他们带着猎鹰和猎犬，瞬间便荡平狡兔的巢穴，又在猎猎大风里爽朗狂笑。

那些年，他热血沸腾，生活充满了激情与冒险。

少年侠气，交结五都雄。肝胆洞，毛发耸。立谈中，死生同。一诺千金重。推翘勇，矜豪纵。轻盖拥，联飞鞚，斗城东。轰饮酒垆，春色浮寒瓮，吸海垂虹。闲呼鹰嗾犬，白羽摘雕弓，狡穴俄空。乐匆匆。

似黄粱梦，辞丹凤；明月共，漾孤篷。官冗傯，怀倥偬；落尘笼，簿书丛。鹖弁如云众，供粗用，忽奇功。笳鼓动，渔阳弄，思悲翁。不请长缨，系取天骄种，剑吼西风。恨登山临水，手寄七弦桐，目送归鸿。

——《六州歌头·少年侠气》

贺铸的江湖侠气，有一部分来自他英勇的祖先。他的五世祖怀浦和四世祖令图，皆为朝廷的英勇将领，战功赫赫，最终在战斗中英勇献身。自此以后，贺家逐渐衰落，贺铸的父亲和祖父皆只位居八品武官。

尽管家族的光荣不再，贺铸依然继承了他们慷慨豪迈的气质。他从小就立志要成为一名朝廷的侍卫武官，以重振家族的荣耀。

所以，满载着希冀，少年的英雄路，在十七岁时启程了。

三

十七岁的贺铸怀揣着对未来的憧憬，踏上了通往汴京的旅途。任右班殿直，监军器库门，出监临城县酒税。

他一身侠客风范，都延续到了工作中。他的性格刚烈如火，胸怀万丈豪情。他从不阿谀权贵，眼中容不得一粒沙子。有什么过错，就当面直说，专治各种不服。

与他共事的同僚中，有以为骄纵傲慢、目中无人的一位贵族子弟。贺铸很快就察觉到这位贵族子弟的不端行为。他经过一番明察暗访，掌握了那位贵族子弟偷窃公物的确凿证据。贺铸丝毫没有顾及对方的身份和家世，准备给他一个教训。

一天，贺铸将那位贵族子弟叫到办公室，命人将周围的仆役和公差全部屏退。

他紧盯着那位贵族子弟，严肃地质问道："你是否在某时盗窃某物，并将其用于私人用途？你又是否在某时盗窃某物，将其带回家中？"

那位贵族子弟被贺铸突如其来的指控惊得面色苍白，只得跪下叩头承认："是的，有这些事。"

贺铸冷笑一声，道："既然如此，那我今天就要对你进行处罚。但如果你愿意公开承认错误，我可以考虑不把这件事公之于众。"

那位贵族子弟深知自己犯下的罪行无法逃脱惩罚，只好答应贺铸的条件。

贺铸让他站起来，脱去他的衣服，然后举起刑杖，朝贵族子弟打了几下。贵族子弟疼痛难忍，连连叩首哀告祈求贺铸的原谅。贺铸看着他那狼狈不堪的样子，突然放声大笑，然后释放了这位贵族子弟。

此事传开后，那些原本倚仗权势、目中无人的人，都对贺铸产生了敬畏之心。他们纷纷收敛起自己的狂妄态度，遵守法纪。

四

年少时的贺铸，意气风发，尽显豪迈之色。

人们常常被他所散发出的侠义之气吸引，但只有深交的朋友，才知道他的才学有多么深厚，也只有深入了解后，才会发现他其实是一个矛盾的人。

因为贺铸的灵魂里居住着一个敏锐的才子。

他的学识广博，记忆力超群。他的语言深沉且富有诗意，犹如一幅精美的彩绣。

他对作曲有着独特的敏锐度，常常会将别人废弃不用的曲子收集起来，经过他精心剪裁和组织，瞬间焕发新生。

他曾自诩："我在笔下驱使着李商隐、温庭筠，使他们不停地为我奔命。"

文人的精神底色，武人的做事风格，铸成了他的侠骨柔情。

这是优势，也是劣势。

因为仕途并非侠客的江湖，而是充满了权谋与算计。

尽管贺铸充满信心，但仕途这条路远不似年少时去京郊游猎时那样畅快。

他曾渴望成为一位闪耀的武将。可这些年里，他却只能在侍卫武官的系统中，经历着磨炼与升迁。他的武职生涯似乎一直在无尽的平凡中徘徊。

他每天按部就班地上岗，同僚见面，很多人都假装忙碌，而避开他的目光。有的人礼貌地打个招呼，没有什么交流。他起初不明白为什么，后来也就习惯了。他安安分分地完成一天的工作，尽量不与人过多的接触，尽量避开应酬。

下班后，他经常一个人到酒馆喝闷酒，偶尔遥想当年与豪雄酣饮时光，一个人无奈地摇摇头苦笑。感慨，人生什么时候换了曲调。

他总是处不好各种各样的关系，又或者说，他没法强迫自己像旁人那样谄媚领导，与同僚虚与委蛇。

子曰："知几其神乎！君子上交不谄，下交不渎，其知几乎？"

但这仕途里，好像容不下这样的君子之道。

元祐年间，李清臣担任宰相，他上奏朝廷请求更换通直郎，让贺铸担任泗州通判（今江苏泗洪），后来又调任太平州的副职。

新岗位上的同僚们都觉得他很内向，全然不似外貌那样粗犷，甚至有人曾听闻贺铸的侠名，接触下来，暗暗摇头，原来一切都是传闻，不过是个假模假样的闷葫芦。

偶尔，贺铸控制不住意气，仗义执言，顶撞领导，得罪同事。又会得到一片差评。

人们爱看豪侠的故事，但在仕途里，这样的人就是被人指指点点，又唯恐避之不及的愣头青。

他像个陀螺一样，在底层官僚体系里，在不同的职位上打转。用他自己的话说，叫"三年官局冷如冰，炙手权门我未能"。

你看，人生就是这样进入了死循环。

他的性格直爽，不善阿谀奉承，他的形象雄壮，与文雅的士大夫格格不入。

时间日复一日地流淌，苦闷的现实反复捶打着他的豪气。豪放的酒渐渐变成了苦涩的酒，不得志的苦从他的舌尖，涌入肺腑。

在经历了仕途的沧桑后，他曾给友人寄出一封深情的信，倾诉自己内心的感慨："由于生活的压力，我未能等到正式考进士的机会，便匆匆踏上了仕途。作为侍卫，稍有违背长官之意，便会遭受责骂，甚至生命都可能受到威胁。为了尽孝父母、养家糊口，我只有默默承受这一切。"

在这个尚文教、轻武事的时代里，他的仕途和理想，都渐渐黯然。

人生豪壮之色褪去，露出悲凉一面。

五

既然这个时代更倾向于文教，那么，或许可以试试做个文官，换一种方式来实现自己的价值。

好在，他饱读诗书，是个文武全才，有足够的资本去尝试这条路。

元祐七年（1092年），在李清臣、苏轼等人的推荐下，贺铸从武职转为文官。从此，他踏上了新的仕途。

然而，在文官的道路上，他同样遭遇了更多的挫折与困境。文人之间的争斗与算计，比武官的世界更加复杂和凶险。

南迁北调，疲惫不堪，憋在心里不说出来。那个曾经豪情万丈的年轻人，在官场与生活的双重折磨下，败下阵来。

当年笔漫投，说剑气横秋。自负虎头相，谁封龙额侯。

聊辞哙等伍，滥作诗家流。少待高常侍，功名晚岁收。

——贺铸《易官后呈交旧》

他想，或许仕途不是他的舞台。或许只有在文字里，他才能更恣意一些。

他可以尽情抒怀，他可以不管政治，尽情地抒发感慨，保持自己磊落的人格。比如，王安石逝世后，他写词《行路难·小梅花》悼念，完全不用顾及政治风向。

崇宁初年，宋徽宗政坛正值风雨欲来之际，新一轮的政治迫害即将拉开序幕。朝野之间弥漫着紧张的气氛，每个人都在为自己的未来担忧。

贺铸对仕途愈加失望，他感到自己无法在这个充满了阴谋的环境里生存下去。于是，他写下了《蕙清风》这首词，表明了自己的归隐之意。

何许最悲秋，凄风残照。临水复登山，莞然西笑。车马几番尘？自古长安道。问谁是、后来年少？

飞集两悠悠，江滨海岛。乘雁与双凫，强分多少。传语酒家胡，岁晚从吾好。待做个、醉乡遗老。

——《蕙清风·何许最悲秋》

既然壮志难酬，那么，至少要保持内心的安宁，而属于他的安宁，或许会在山水之间。

六

人生如一杯苦酒，幸有佳人在侧，苦酒也是热的。

每当看到妻子温柔的笑靥，贺铸的眉目就舒展几分，心头就柔软起来。她还是像初见时一样美好，以至于让贺铸感觉自己何其有幸。

贺铸生于贵族世家，又学富五车，按理说娶妻并不难。可是，他身高大约有七尺，一张青黑如铁的脸，双眉高耸，目光如炬，嘴巴很大，说是丑陋也不为过，不然怎么得了个“贺鬼头”的称号。

他这样貌，让说媒的人常常感到为难，很多女子的父母皱眉婉拒。

粗糙的皮囊让人望而却步，鲜少有人再愿意去探知他温柔的灵魂。何况，他只是个官阶低微的没落贵族，在兴文教的朝代，担任一个武职，日子比普通老百姓好不了太多。

庆幸的是，家族的安排最终让他遇到了赵氏。赵氏出身于显赫的宗室之家，不仅通晓诗书，还精通音律。

那一天，他身着喜服，骑着高头大马，在锣鼓声中迎接新娘的入府。

他轻轻掀起红色的盖头，看见赵氏含羞带笑的模样，脸上绽放出了幸福的笑容。

此后，他不仅有了一位温婉的妻子，更有了一位灵魂伴侣。

有佳人在侧，生活别有一番滋味。有时候，贺铸会填词一曲，妻子弹琴唱和，美妙的音律盘旋在小院儿上空。品茶读书，对炉当歌，人生几何？神仙眷侣也不过如此了。

不过，现实的生活不光有诗词歌赋，还有柴米油盐。

贫苦常常会残酷地撕扯诗意，露出人生的艰涩。

贺铸俸禄微薄，所以夫妻的生活常常陷入困顿，有时候连基本的盐菜都无法满足，甚至还要借钱过日子。每当这个时候，贺铸倍感羞愧。

迫于生活，赵氏也不得不投身于繁重的劳动中。那双捧读诗书的手，那双拨动琴弦的手，开始舂米、织布。

赵氏聪敏，学习能力很强，很快这些生活劳作的技艺就都娴熟。日子那么苦，她却总是毫无怨言。就算大汗淋漓，累弯了腰，她的嘴角也始终挂着笑。

她的笑，让贺铸心头温暖，又扯得他心口生疼。这么好的妻子，却跟自己过这样辛苦的日子，贺铸总是忍不住自责。

为了给妻子一个更好的未来，为了年少时光耀门楣的理想，贺铸踏上了北上的路，奔波于渺茫的仕途。

他放开了妻子的手，与妻子分隔两地，相思相望。

此后，除了仕途，人生又多了一杯苦酒，名为相思。

七

绍圣四年（1097年），又是一次分离。

贺铸怀着复杂的心情离开了京师，奔向江南的宝泉监。

他记得那一日，春雨匆匆地收走了春光，斜风轻拂着春水。花瓣在湖面上漂浮，鱼儿嬉戏，水波荡漾。风景美得像画一样，丝毫不顾及离人的伤感。

临别时，贺铸紧紧地握着妻子的手，眼中满是不舍。看着妻子哭红的双眼，心中涌起复杂的滋味。

“等我安顿好一切，就接你团聚。”

妻子擦了擦泪，强撑着起几分笑，劝他赶快上路，莫要耽搁了行程。

贺铸鼻子酸涩，暗想：这么久了，还是学不会分别，还是那么难过。

自从在城隅分别，他又开始难以自拔地陷入思念。他拿着妻子的信，读了又读，因为每一个字都留存着妻子的温暖。他常常在夕阳西下时，独自倚栏，面对着落日的余晖，畅想着海角天涯的相守。

哲宗元符元年（1098年），他在江南安顿下来后，立刻回到京师，接赵氏南下。多少年后，他依然记得。她舟车劳顿，面容憔悴，眼睛里却跳跃着喜悦的星辉。

他带着妻子看温柔的江南风光，他们又过起和从前一样寻常又幸福的日子。

半生风雨，仕途坎坷，可每当看到妻子，贺铸的心就得到了慰藉。连整座苏州城，都温柔了许多。

在家时，贺铸会收敛起所有坏情绪，尽可能地让妻子开心一些，幸福一些。

可烟雨朦胧的江南，盛满了诗意，却没能安放他的幸福。在这里，妻子不适应水土，再加上积劳成疾，很快就病了。

病来如山倒，贺铸一下子慌了。他眼睁睁地看着妻子日渐憔悴，想尽办法还是没法阻挡她生命的流逝。

她像经历了一场秋夜急雨，一夜枯黄。一阵寒风吹过，又带走了她最后的牵挂和生机。

生命逝去，无可挽回，贺铸茫然、痛苦、绝望。

他人生疾行，迅速进入漫长的寒冬，再看一切，都是凄凉。

几年后，再度踏足那片熟悉的土地，他满载着深深的思念，写下那篇感人肺腑的《鹧鸪天·重过阊门万事非》。

这首被誉为两宋时期的悼亡词瑰宝，与苏轼为悼念王氏夫人所作的《江城子·乙卯正月二十日夜记梦》并驾齐驱，双璧合璧，让世人为之动容。

若天假良缘，他宁愿舍弃这世间一切的溢美之词，只求与妻子相守，写些俗套的温言软语，过寻常和美的日子。

可现实里，他的悲痛，他的孤寂，日复一日地疯长，在他的世界无声蔓延，将他紧紧缠绕，让他难以呼吸。

八

大观三年（1109年），贺铸提交了申请，自陈致仕。

他的申请不出意料地很快得到了批复。是啊，他这样一个官职低微，没什么影响力的人，提交的辞呈，对庞大的官僚体系来讲，不过是一件琐碎小事。

他郑重地离开了自己的岗位，也轻轻地放下了曾经的理想。

年少时奔跑如风追寻的梦，反而成了枷锁，想想也真是讽刺。

遗憾是有的，但更多的是轻松。这么多年仕途沉浮，挫磨掉了锐气，积了一肚子委屈。这样的日子，他倦了，也终于解脱了。

他在苏州、常州购置田地和房屋，在横塘筑居。最终他选择在苏州定居，因为，那里有妻子的影子。

每天，他都会漫步在苏州的街头巷尾，欣赏着这里的美景，或者静静地坐在书房里，将自己的埋在书本里，过起“低头向荧窗，有类鹤在樊”的注书校勘生活，日子简单平静。

他也经常会去给妻子祭扫，可一看到妻子的坟茔，他已经趋于平静的心，又像针扎一样疼。

他忍不住地跟妻子东一句，西一句地说着心里话，却越说越伤心。

痛苦至极，仿佛入了幻梦，他好像又和妻子双手相牵，告别了那烟雾迷蒙，萝蔓丛生的墓地，在清澈的泉水边去映照红润粉嫩的面庞。一回神儿，他又失去了妻子的笑靥，周遭只剩断桥、孤驿、冷云、黄叶，一片凄清。

没了妻子，他再也走不出人生的寒冬，他伤心地写下一首《御街行·别东山》。

松门石路秋风扫，似不许、飞尘到。双携纤手别烟萝，红粉清泉相照。几声歌管，正须陶写，翻作伤心调。

岩阴暝色归云悄，恨易失、千金笑。更逢何物可忘忧，为谢江南芳草。断桥孤驿，冷云黄叶，相见长安道。

曾经的侠义少年，如今已经成了一个孤独失魂的人。

九

其实，在贺铸的生命里，也曾有涟漪。

某个夜晚，弯月高悬，照进了一间幽深院落。

房间里，词人李之仪吹灭了灯火，正准备脱衣入睡。突然听到门外传来了微弱的叩门声。

夜已深沉，是谁在此时造访？

他披上衣服，打开房门。只见贺铸，一头蓬发，一身污垢，凄凉地站在皎洁的月光下。

李之仪一惊：“贺兄，你这是怎么了？”

贺铸见到李之仪的那一刻，紧绷的情绪也开始释放。

他说自己想起了曾经在苏州遇见的那名吴女，并低声吟唱起他为那吴女所写的两首词。情到深处时，他竟无法自持，泪水潸然而下。

见此情景，李之仪也不禁感叹：红颜薄命，怎能不让人伤心。

月光洒在贺铸身上，映衬出他的哀伤。那晚，他们在月色下长谈至深夜，李之仪倾听着，贺铸一遍又一遍地诉说着遗憾和悲伤。

那位吴女，是贺铸心底最隐秘的情感。

在李之仪的《题贺方回词》中曾有记载：“右贺方回词。吴女婉转有余韵，方回过而悦之，遂将委质焉。其投怀固在所先也。自方回南北，垢面蓬首，不复与世故接……”

方回正是贺铸的字，他在横塘有别业小筑，常常驾船走水路经由盘门去往横塘。

一个炊烟袅袅的黄昏，贺铸驾船沿着蜿蜒曲折的河道前行。河道如同一条碧绿的丝带，将他引向那如诗如画的地方。垂柳沿着河道两侧摇曳生姿，他一如平常地在这样的美景中穿梭。

直到那吴女的出现，如同惊鸿一瞥，打破了贺铸平静的日常。她宛如一泓春水，婉转而又余韵无穷，令贺铸心动不已。他被她那如清泉般纯净的歌声吸引，被她那如朝霞般绚烂的容颜迷醉。

吴女吹乱了他的心扉心中泛起一片涟漪，那是久违的柔情，那是深藏的渴望。贺铸甚至萌生了想要与吴女成亲的想法。

但是，他很快冷静下来，她的美好，让他自惭形秽。此时的他“垢面蓬首”，处境寒微。于是，他只能将那份浓烈的情感深藏在心底，默默地守望着她。

而当得知吴女离世的消息时，贺铸的心仿佛被撕裂开来，那份痛苦与无助几乎让他窒息。他也为自己的犹豫不决而追悔不及。他曾多次向好友李之仪倾诉那份刻骨铭心的痛楚，却始终无法释怀。

那份浅浅的涟漪，转眼消逝。人生又回寒冬，又多了一份寂冷。

在这里，不得不提到一首词——《青玉案·凌波不过横塘路》

龚明之的《中吴纪闻》卷三载："贺铸字方回，本山阴人，徙姑苏之醋坊桥……有小筑，在盘门之南十余里，地名横塘。方回往来其间，尝作《青玉案》词。"

凌波不过横塘路，但目送、芳尘去。锦瑟华年谁与度？
月桥花院，琐窗朱户，只有春知处。
飞云冉冉蘅皋暮，彩笔新题断肠句。试问闲愁都几许？
一川烟草，满城风絮，梅子黄时雨。

——贺铸《青玉案·凌波不过横塘路》

这首词记录他对吴女的心动。他望着她芳华身影，飘然而过，没人知道她的住处。转眼间墨色四合，恍然生出了无限愁情，写下断肠诗句。那愁绪就像"一川烟草，满城风絮，梅子黄时雨"。

也有人说，这首词贺铸像屈原一样，以"美人""香草"自喻。是他沉沦下僚、怀才不遇的无限感慨。

又或许兼而有之。与吴女错过的遗憾，理想坠落的痛苦，都盘结在他的生命里。

人到中年，愁苦总有万千层次，谁又能拆分得清呢。

这首词将贺铸推向了词坛的高峰。此词一出，众文士名流哗然。贺铸也被人雅称为"贺三愁""贺梅子"。

就连黄庭坚也说："解道江南断肠句，只今唯有贺方回。"

十

理想坠落，爱人离去，余生他只能在诗书里寻找活着的意义。

与诗书相伴的日子，清苦、简单、自在，他很知足。

他大量阅读，潜心创作。他对自己的作品要求极高，校对过的文章，没有一个字出错。

随着时间的流逝，贺铸渐渐老去，那个英勇侠气的年轻人似乎已经成为遥远的记忆。

他有时也会关心政局变化，有感而发写诗填词。

排办张灯春事早，十二都门，物色宜新晓。金犊车轻玉骢小，拂头杨柳穿驰道。

莼羹鲈鲙非吾好，去国讴吟，半落江南调。满眼青山恨西照，长安不见令人老。

——贺铸《望长安》

虽然，这只是他一个人的寂寞絮语，但在写这些词的时候，他的内心又会明亮起来。仿佛又回到了少年光景，他一身豪迈侠气，结交天下英豪，行走五都，挥毫泼墨，真是畅快！

他终于确信，仕途是他的枷锁，而诗词才是他的舞台。

宣和七年（1125年），贺铸生命的烛火燃至尽头，在常州的一座古寺中静静熄灭。

在病榻之上，他对着挚友程俱道："我一生力求淡泊，畏惧的是声名之累，今已知此生无虞，心愿已足。"

人生波折，但来这一遭，追过璀璨的梦，爱过美好的人，填过婉转的词，吹过自由的风，喝过五味杂陈的酒……足够了。

两年后，北宋王朝在历史的洪流中黯然退场，一个时代就此终结。

幸而，他这伤痕累累的人生，少了一道国破的哀愁。

<table>
<tr><th colspan="6">宋词江湖角色表——贺铸</th></tr>
<tr><td>姓名</td><td colspan="5">贺铸，字方回，又名贺三愁，自号庆湖遗老、北宗狂客</td></tr>
<tr><td>生卒年</td><td colspan="5">1052—1125年</td></tr>
<tr><td>江湖身份</td><td colspan="5">北宋词人</td></tr>
<tr><td>江湖称号及成就</td><td colspan="5">人称“贺鬼头”“贺梅子”。才华横溢，精通诗文，他的词作更是独树一帜，风格多变，既有豪放之韵，又有婉约之柔。他的词中充满了情感和韵味，善于提炼和融合前人的智慧，使得语言更为精练、优美。著有《东山词》，现存词二百八十余首</td></tr>
<tr><td>人物评价</td><td colspan="5">王国维：“北宋名家，以方回为最次。其词如历下、新城之诗，非不华赡，惜少真味。”</td></tr>
<tr><td rowspan="2">知识链</td><td colspan="5">出自贺铸的成语</td></tr>
<tr><td>目成心许</td><td>云朝雨暮</td><td>张灯挂彩</td><td></td><td></td></tr>
</table>

玖

这一路，有时也倦了

南宋.夏圭.坐看云起

一

元祐八年（1093年）的一个午后，周邦彦坐在官署的书房中，阳光透过窗棂洒在他面前的茶盏上，泛起层层涟漪。他刚放下茶盏，目光落在桌上那份调令上，不禁有些出神。

看着调令上“溧水县令”那几个字，他自嘲地笑了笑，摇了摇头，轻轻地叹了口气：“溧水县令，何其可笑！唉，这仕途也真没什么意思。”

他回想起自己离京多年，一直在州县间辗转，或许这就是他的宿命。

那就这样吧，做个地方的小官，过着简单生活，像个隐者，倒也挺好。

他转念一想，做隐者也要有点仪式感吧！

于是，上任之后，他将溧水的小亭取名为“姑射亭”。这个名字来自《庄子·逍遥游》，那里面的“姑射山”可是神仙住的地方。

只要放宽了心，那自己过得就是神仙般逍遥的日子，也还不错。

那段日子他一边在溧水安心治政，一边过悠闲的日子。亦官亦隐，颇有一番大隐隐于市的境界。有时候看到村民们安居乐业，他的心情也舒朗许多。闲暇之余，填词作诗，打发时间，聊以慰藉。

风老莺雏，雨肥梅子，午阴嘉树清圆。地卑山近，衣润费炉烟。人静乌鸢自乐，小桥外、新绿溅溅。凭栏久，黄芦苦竹，拟泛九江船。

年年。如社燕，飘流瀚海，来寄修椽。且莫思身外，长近尊前。憔悴江南倦客，不堪听、急管繁弦。歌筵畔，先安簟枕，容我醉时眠。

——《满庭芳·夏日溧水无想山作》

有时候他会感到奇怪，这生活虽简单闲适，但总有一种挥之不去的疲倦，所以他说自己是“憔悴江南倦客”。或许是心太累了。

想当年，他可是意气风发的少年郎，得天子青眼，何等风光，感觉浑身都充满了力量。

每每忆起少年时，周邦彦觉得，仿佛有一阵清风拂过，眼眸也会忽地亮起来。回过神来，又会忽地黯然。

他忍不住追索，为什么，就变成了今天这模样？

二

北宋，杭州钱塘周家宅邸，朱红色的大门已经黯然，但依旧可见曾经的繁盛。周邦彦就诞生于此。

周氏旧时也是簪缨[1]望族，诗书传家，到此时虽然没落了些，但也依旧是个有底蕴的富庶人家。

[1] 簪缨，古代显贵者的冠饰，后借指高官显宦。

在周家，每一个新生命诞生，就意味着新的希望被点燃。

所以在周邦彦出生后长辈们希望，他能成为如春日的繁花一样璀璨夺目的栋梁之才，遂取名“邦彦”，取自《诗经·羔裘》：“彼其之子，邦之彦兮”，和晋代陆机诗：“邦彦应运兴，粲若春林葩”的含义。

当周邦彦在小小的年纪就展现出了非凡的聪颖时，长辈们的激动之情溢于言表。他们都觉得这孩子要好好培养，周家光耀门楣有望！

周家藏书很多，周邦彦也很爱读书，甚至每天清晨，他都要焚香拜书。有人嘲笑他时，他会说：“圣贤之道都在这些书里，你敢不拜吗？”

一年又一年，在长辈们的属望中，周邦彦读遍经史百家，储备了大量知识。这些知识在充盈着他，也在塑造着他。

他“诗文之外，兼善书法”[1]“笺奏杂著，皆是杰作”[2]。他的身上，渐渐有了各种各样的优秀标签。

起初长辈们很欣慰，很高兴，总是对他赞不绝口。

但随着周邦彦渐渐长大，长辈们开始皱眉了。因为，儒家教义和经史百家，没能把这个周家儿郎规训成一个规矩的儒生，而是让他变成了一个落拓不羁的风流郎君。

他听旖旎曲调，做婉转辞章，流连烟花之地，哪有个谦谦君子的样子。一副风流做派，简直荒唐！

杭州成了周邦彦的天堂，他在这片土地上，吸收了诗意，也浸

[1] 出自王国维《清真先生遗事》。
[2] 出自张端义《贵耳集》。

染了风流。他挥毫泼墨，低吟浅唱，写了不少美艳缥缈辞章。

试问，哪个姑娘能不喜欢这俊俏、才高的翩翩郎君。他读过的书，充盈起他的骄傲和自信，让他在风月场所里如鱼得水。

他不流连勾栏瓦肆，依红偎翠，与营妓岳楚云情投意合，情丝一动，灵感随着浓情蜜意袅袅升起，于是，一首首旖旎缠绵的词作应运而生。

在《花心动（双调）》里，他写“帘卷青楼，东风暖，杨花乱飘晴昼。兰袂褪香，罗帐褰红，绣枕旋移相就。海棠花谢春融暖，偎人恁、娇波频溜”。在《青玉案·良夜灯光簇如豆》里他写“玉体偎人情何厚。轻惜轻怜转唧嗻”。

这样的词，在中规中矩的文人眼中，就是不务正业，离经叛道。

渐渐地，他的名声传开了，如《宋史》所载：“疏隽少俭，不为州里推重。”

但他不管，他就要快乐地活着，做个自由如风的少年郎。

三

宋元丰二年（1079年），醉倒在脂粉堆里的周邦彦，在得知一个消息后忽然清醒——朝廷把原定招收一千名太学生的定额，扩大到二千四百人。

在那个时代，进入太学并参加科考，是每个渴望仕途的学子的黄金通道。太学扩招，无异于打开了一扇通向仕途的大门，是千载难逢的好机遇。

他放下手中的酒杯，告别耳边的柔情蜜意，收起了昔日的轻狂与放荡。那个曾沉醉于美人与酒中的周邦彦消失了，取而代之的是一个决心北上京城，追逐政治理想的才子。

人们这才明白，周邦彦并非是只知风月的庸俗之辈，他的心中藏着远大的抱负。他既可以描绘世间的香艳与美好，也可以写出让考官赞服的精彩篇章。

毫无悬念地，他一举考入太学，开始了他的京师之旅。

钱塘之地，少了一位醉卧花间的才子，而北宋的历史长河中，多了一位被誉为“负一代词名”的集大成者。

他告别了熟悉的家乡，渡过长江，朝着繁华的汴京疾驰而去。

汴京物华天宝，人杰地灵，这片中原的胜地，经北宋的君王们精心雕琢，又有了别样的庄重与华美。

这里的繁华与新鲜，让初来乍到的周邦彦目不暇接。他怀着敬畏与惊叹的心情，流连于城市的每一个角落，感受着这里独特的风土人情。

在他的眼中，汴京是那样的新奇而美妙，仿佛是一个充满魔力的世界。恰如他后来在《汴都赋》中写道：“观土木之妙，冠盖之富，炜烨焕烂，心骇神悸，瞑矐而不敢进。于是夷犹于通衢，彷徨不知所届……微邦陋邑，未睹乎雄藩大都者乎？”

汴京不光气派，也尤为旖旎。这里的街巷、酒肆、歌楼、舞榭，无不为周邦彦迷醉。是的，他不光要登上理想的征途，还要征服京城风月的舞台。

很快，才学出众，精通音律，又会作诗填词的他，名声又在汴京的歌女中间传开来。

四

元丰六年（1084年）夏，政事堂内，宋神宗伏案阅读一篇赋，他的眼眸中闪着光芒，忍不住拍案叫绝："好文章，精彩！"紧接着又继续言语，"这么多文章，就只有这周邦彦的文采可取。"

一旁服侍的宫人不明所以地一惊，好些日子没看到官家这么高兴了。

的确，宋神宗推动变法的初衷是力挽狂澜，解决北宋的困境，可是，这狂澜没有解决困境，反而带来了不少新的问题。自从推行变法以来，党争激烈，政治波澜起伏，变法推进的过程也是一步一个坎，让他身心交瘁。

彼时，推翻变法的呼声越来越高，为了平复舆论，朝中举办了一次征文大赛。主题就是"讴歌新法"。

这次主题征文，太学学生积极参与，很多文章也都写得不错，但这在一个兴文教的时代来说都是基本操作了，直到这篇《汴都赋》被呈上来的时候，神宗眼前一亮。这篇文章满怀激情地歌颂了英明皇帝领导下，经过新法洗礼的古都所焕发的勃勃生机。

要知道，北宋的文人都很有个性，脾气上来，连皇帝都敢怼。神宗自推行变法以来，听到了太多批评，得到了太多差评。在这样一个艰难时期，有这样一个才华横溢的年轻人，用恣意的笔墨理解他的用心，赞颂了他的功绩，他怎能不感动！

宋神宗吩咐下去："快去把李学士给我诏来。"

不一会儿，翰林学士李清臣恭敬地来到殿内，就收到了这篇赋。神宗命他在迩英阁朗诵。

可读着读着，李清臣尴尬了，他也是从小饱读诗书，还得到过欧阳修赞许，可眼前这篇赋中很多古文奇字他都不认识。索性，他把心一横，硬着头皮读了偏旁。反正，这么多生僻字，别人也不一定认识。但周邦彦这人，他可算彻底记住了。

周邦彦一赋成名，有人赞他的才华横溢，有人称他学识渊博，有人说他是少年英才。当然，也有人讽刺是个卖弄文采的政治投机客。

但不管怎么样，他出名了，也被皇帝看见了，相对于滔滔历史上怀才不遇，苦闷一生的文人墨客，他足够幸运。而斐然的才华，便是他幸运的底气。

此后，周邦彦凭借这篇《汴都赋》被破格录用，任命为太学正，成为太学里主管训导的官员。

身披官服的周邦彦，内心欢喜，胸中更添自信，对未来也多了许多憧憬。但他当时还并没有意识到，从此，他也被归为了支持改革的新党一派，开始一生沉浮。

五

一朝天子知，四海扬文名。

一个曾经的寒士，如今突然间平步青云，跻身中层领导行列。一时间，周邦彦的人生可谓春风得意，他的名字已经成为人们口中的热门话题。

人发达了，身边的好人就多了起来。更多貌美灵秀的女子对他示好，喝醉了也有人扶着上马，越来越多的人愿意主动与他结交。

不过，周邦彦很清醒，他没有刻意攀附结交，也没有再去为皇帝歌功颂德。他无心在政治中投机，而是更热衷于治学。时不时地，还会随性填词。每有新词一出，便会引发一阵热潮。不少贵人、学士、市儇、侍女，纷纷点赞，收获了大批粉丝。

周邦彦的人气越来越高，但是他的风评越来越糟。可他乐得自在，仍旧醉心于诗词歌赋的研究。

可惜，惬意的日子，并未持久。

元丰八年（1085年）三月，汴京城正被春寒所笼罩，寒风刺骨，使皇城内的居民倍感忧虑。就在这个寒夜，宫中传出了一则重磅消息——宋神宗驾崩了。

这位正值壮年的君王突然离世，不仅令朝野上下愕然，更使得朝廷的政治局势变得波谲云诡。因为这不仅仅是一位皇帝殒命这么简单，更是一场权力的巨变。每一位掌权者的微妙态度，都可能影响着朝臣们的命运和未来的政治格局。

很快，权力落锤，年仅十岁的哲宗即位，太皇太后高氏稳坐朝堂，执掌大权。高氏是旧党的支持者。在她掌权后，政治清洗开始了。

旧党领袖司马光重新上台，新法被一一废除，新党人士纷纷被贬谪。在政治变局中，很多新党为了保全自己，也加入了鞭笞新党的行列。

在纷繁的变化中，周邦彦保持了沉默。他无意党争，不想站队。但当年因歌颂新法一赋成名的他，不表态就已经足够说明态度了。

而他的态度，也决定了他的去向。

六

人生辗转之间就变了音色，吹出了哀伤曲调。

元祐二年（1087年）春，周邦彦被贬出京，至庐州上任，后又辗转到荆州。

曾经璀璨的少年，一转眼成了沉浮州县的中年人。

伤感凄凉，浸湿了他的人生，也浸入了他的词曲。他诗词中的明快渐渐散去，一股凉意，慢慢地升腾而来。他感觉胸口像堵着什么东西，他有时候会叹息，有时候会惆怅，有时候也会自怨自艾。

台上披襟，快风一瞬收残雨。柳丝轻举，蛛网黏飞絮。

极目平芜，应是春归处。愁凝伫，楚歌声苦，村落黄昏鼓。

——《点绛唇·台上披襟》

你看，他登上高台，敞开胸襟，最初的一丝快意，转眼就消散了。他看到的是凄清风光，他满怀愁绪地凝神伫立，只听得在这黄昏之中，楚地的歌声越发显得凄苦，村舍中零落的鼓声越发显得苍凉。

元祐八年（1093年），周邦彦接到新的调令，任溧水县令。离京多年，在州县间辗转，仕途已然渺茫，他渐渐生出了隐逸之心。

绍圣三年（1096年），周邦彦溧水县令的任期已满，提前离任。他打算重游荆州，四处转转。

下一步何去何从，难以料想，他也不敢有太多的期望。

在周邦彦浮沉于州县之间时，朝堂之上正经历着风云聚变。

元祐八年（1093年），高太后驾鹤西去，旧党的庇护伞消失了，哲宗亲政的曙光初现。次年，哲宗改元绍圣，同时也开启了新一轮的政治洗牌。

哲宗对早年元祐旧臣的冷漠、高太后的禁锢耿耿于怀。因此，他对旧党心怀怨恨，必然会起用新党。

政治变局的背后，是复杂的利益纠葛和权力争夺。而不论过程如何曲折，结果无非旧党失势、新党重新崛起。

被定义为新党的周邦彦，也迎来了仕途的曙光。

七

绍圣四年（1097年），周邦彦重返京城。

次年，哲宗召见了曾经一赋成名的周邦彦，对他的成名作《汴都赋》表示兴趣，周邦彦重新进赋。在大殿之上，郎朗诵读《汴都赋》。

距离上次进赋，已经是十余年的光景，这些辛酸沉浮，周邦彦无限感慨，也写进了赋中。

> 区命薄数奇，旋遭时变，不能俯仰取容，自触罢废，漂零不偶，积年于兹。臣孤愤莫伸，大恩未报，每抱旧稿，涕泗横流，不图于今，得望天表！

十余年的憋屈忧愤，终于见光了，他终于呼出了胸中的那口闷气，但也没了年少的豪情。他已经成为一个不折不扣的“憔悴江南倦客”，那种深入骨髓的疲倦，刺穿他的身心，与他的生命融为一体，再也无法抹除。

彼时的哲宗正是意气风发之时，读完赋后他很高兴，他有些理解当年父皇为何那般激动，也非常欣赏周邦彦的才学。况且，这位支持新法的才子在他这里，是政治正确的。

不久后，周邦彦被授予秘书省正字，再度成为京官。

拨云见日的周邦彦很高兴，旧党人士则是开启了贬谪之旅。苏轼、秦观、黄庭坚、苏辙等人纷纷走向了蛮荒之地。

一朝起，一朝落，政治的博弈就是这么残酷，没有人会对对手留情面。

周邦彦的日子好过了些，但他对新党重新执政后的作为十分不满，他不想蹚这趟浑水。况且这政治的浪花也并不是他能翻动的，说不上什么时候一个大浪就把自己拍在沙滩上，索性避而远之。

他的策略是对的，因为那几年政局变得太快了，人事频繁变动，动荡不安。

宋哲宗是一位心怀壮志的年轻皇帝，却在亲政不久后英年早逝。他离世时仅二十四岁，膝下无子，于是其亲弟弟赵佶继位，是为宋徽宗。

宋徽宗在艺术领域里才华横溢，在治国理政上却显得力不从心。他的一系列荒诞举措，搜集奇花异石运到京城修建园林宫殿，尊号“教主道君皇帝”，追求穷奢极欲的生活，使得北宋朝局动荡不安。

徽宗继位之初，向太后临朝听政，新党受到打压，旧党重新得势。不到两年的时间，徽宗开始亲政，又重新亲近新党。政治变得如同儿戏一般。

起初新党失势之时，周邦彦选择了请假回乡暂避风头。宋徽宗亲政后，周邦彦又被重新起用。他先是升任校书郎，随后又升为考功员外郎。由于他卓越的音乐才能，被宋徽宗提拔为大晟府的“音乐官员”。

随着官运的亨通，周邦彦却变得越来越沉默。这些年的沉浮起落，已经让他感到疲惫不堪。他不擅长心机和谋算，对于功名利禄也渐渐失去了热情。

他时常会想起年少时花间醉酒，恣意地吟唱。他本想到更大的舞台上去追求凌云壮志。怎么一转眼，就成了今天这副样子？而那个落拓不羁的少年，又哪去了？

八

每当酒醉，周邦彦都会不由得感慨，仕途真累。

有时候，别人说几句话就能把你钉在案板上，有时候，别人甚至不用说什么，一个眼神就能让你漂泊天涯。

想想朝堂上的那群文人，正因变法钩心斗角，争论不休，这有什么意思！真正为国为苍生谋事的有几个，很多人都是自私的意气之争。

他们不知不觉走偏了路，甚至连自己初心都辨不清了。倒不如像醉在脂粉香里，佳人温柔巧笑，多么美好。

他不禁怀念起游走在秦楼楚馆，填词作赋的旖旎人生。

他看柔软的歌舞，写香香的诗词，香艳见骨，胆大妄为，让严肃的老古董读了面红耳赤。

薄薄纱厨望似空。簟纹如水浸芙蓉。起来娇眼未惺忪。
强整罗衣抬皓腕，更将纨扇掩酥胸。羞郎何事面微红。

——《浣溪沙·薄薄纱厨望似空》

那时候，他恣意、快乐，没有虚与委蛇，仕途里多是冷漠，莺歌燕舞间却多是人间真情。

他是个深情又多情的人，所以他也是个容易伤心的人。

他记得，那一次他去了苏州，当地知府热情款待。酒宴上，美酒佳肴，宾朋满座，很是热闹。知府热情招呼，他却十分不在状态，一杯又一杯地喝着闷酒。

人们都知道他是潇洒倜傥的性情才子，有人请他填词，他也苦笑着摇头，说自己醉了。这样的表现，实在反常。知府还一度以为是哪里招待不周，连连致歉。

周邦彦挤出微笑，虚掩应承过去，还是没能掩盖眼中的失落。

其实，那次他回苏州，是去找楚云姑娘的，只是……

惆怅回思之际，仿佛有一缕婉转曲调，清脆歌喉，飘入了他的耳中。他再去看那个吟唱的歌女，眼前一亮，莫非真的是楚云姑娘。

苏州歌姬楚云姑娘，是他的旧相识。她歌喉婉转，才艺出众。她那样美好，总是触动他的灵感，让他才思泉涌。当年，他们郎才女貌，琴瑟和谐，很幸福。后来他去了京城，东门之外，美人挥泪，两相别离。此后，他们便失去了音信。

他这次回来就是来找楚云姑娘的，经过打听，他得知楚云姑娘已经从良嫁人。他们之间，再也回不到从前了，他只能默默祝福不去打扰。所以落寞惆怅的他，一开始在酒宴上才提不起兴致。

没想到，在这酒宴上又听到了那样的婉转歌喉，又看到了那般窈窕身影。但他细一打量，才知道那不是她，也不可能是她。

他叫来歌女问话，却得知她是楚云姑娘的妹妹，又不由得惊喜。当即便填了一首《点绛唇·伤感》，托她转交给她的姐姐。

辽鹤归来，故乡多少伤心地。寸书不寄，鱼浪空千里。

凭仗桃根，说与凄凉意。愁无际，旧时衣袂，犹有东门泪。

他觉得自己像那“辽东鹤”[1]，多年后重归。这熟悉又陌生的故地，勾起了他无限的感伤。他感慨这些年未通音信，如今只能希望通过她的妹妹，转达他的伤心。

希望她知道，他并非无情，这些年他还念着她，记得他们一起度过的柔情蜜意的岁月，也记得她在东门送别时，泪湿了衣衫。

九

或许是日子变得顺遂，又或许是为了逃避仕途的疲惫，周邦彦开始寻找年少时的快乐，流连花间，填词作曲，没想到却还闹出一桩绯闻。

文艺皇帝宋徽宗热爱微服私访，扮演富贵公子。当他遇见青楼才女李师师的时候，一眼就沦陷了。

李师师才貌双全，不光得皇帝倾心，同样也是备受风流雅士追捧，晏几道、张先都是她的粉丝，周邦彦也是其中之一。据说，《玉团儿（双调）》中描写的那个妆容精致，独具魅力的女子，正是李师师。

铅华淡伫新妆束。好风韵、天然异俗。彼此知名，虽然初见，情分先熟。

[1] “辽东鹤”用的是《搜神后记》中丁令威的故事。《搜神后记》载，辽东人丁令威外出学道多年，后化鹤归乡，徘徊于空中，后常用以指重游旧地之人。

炉烟淡淡云屏曲。睡半醒、生香透肉。赖得相逢，若还虚过，生世不足。

这位写出了婉转辞章的词人，和柳永、秦观一样备受推崇。所以，他也成了李师师的座上宾。

一日，周邦彦和李师师正在琢磨研究词句，十分惬意。没想到宋徽宗悄悄造访。周邦彦一时躲避不及，便藏匿到床下。

徽宗拿出江南新贡的橙子讨好李师师，两个人甜甜蜜蜜，你侬我侬。

床下的周邦彦紧张得直冒冷汗，好在宋徽宗直到离开都没有发现。

本来是一场虚惊，这事就这么过去了，可这样的紧张氛围似乎刺激到了周邦彦的灵感，回到家后，挥笔写下了《少年游·并刀如水》。

并刀如水，吴盐胜雪，纤手破新橙。锦幄初温，兽烟不断，相对坐调笙。

低声问向谁行宿，城上已三更。马滑霜浓，不如休去，直是少人行。

他满意地收笔，却没意识到这是留下了证据，简直就是文字版的摄像机，甚至比摄像更引人遐想。

偏偏宋徽宗是个文艺皇帝，喜欢诗词文章，这首词竟传到他的耳中，龙颜大怒。自己偷偷幽会的细节被周邦彦写成了词，太不拿皇帝当回事了，既然好日子他过够了，那就去过苦日子去吧，于是便将他贬出京去。

又一日，宋徽宗探访李师师，要听美人唱曲。

李师师唱了一首《兰陵王·柳》。

柳阴直。烟里丝丝弄碧。隋堤上、曾见几番，拂水飘绵送行色。登临望故国。谁识。京华倦客。长亭路，年去岁来，应折柔条过千尺。

闲寻旧踪迹。又酒趁哀弦，灯照离席。梨花榆火催寒食。愁一箭风快，半篙波暖，回头迢递便数驿。望人在天北。

凄恻。恨堆积。渐别浦萦回，津堠岑寂。斜阳冉冉春无极。念月榭携手，露桥闻笛。沉思前事，似梦里，泪暗滴。

宋徽宗听得入迷，询问是谁的作品，李师师冒着冷汗说作者是周邦彦。

这一次宋徽宗没有生气，反而笑了。

诗词和美人他都爱，如此才子被贬出京师实在可惜了。遂决定让他官复原职，后又任命他提举大晟府，也就是皇家最高音乐机构负责人。

这段从南宋就开始流传的绯闻的真实性一直存疑，或许，某天被南宋词人张端义听了去，觉得精彩，才记在自己的笔记《贵耳集》中。

故事或许不是真的，但那段旖旎狂放的日子是真的，周邦彦渐渐解开了仕途的束缚，享受着北宋最后的灿烂和旖旎。

十

在周邦彦选择远离政治，靠近艺术之后，身心轻松了不少。

有时候他感觉自己已经游离在政治之外，但政治哪由得他选择。

这不，蔡京大寿，发来请柬，令周邦彦为难。

他看不上蔡京掌权后的手段，但也不想成为被打压的对象，况且他也没有力量与之抗衡。

周邦彦以才学闻名，蔡京也爱好文艺，没少夸他诗词写得好。为了不给自己惹麻烦，周邦彦放低了姿态，为蔡京献诗贺寿。

或许在他看来，给蔡京贺寿只是走个过场，与之同流合污，这事他可做不来。所以当蔡京党羽拉拢，想与他合作时他都拒绝了。

可是他还是留下了污点，为奸相歌功颂德，让他的名声一落千丈。

他憋屈，但无法言说。他已经尽可能地远离政治纷争，他只想安安静静地与诗词音乐为伴，怎么就那么难！

但那首诗的确是出自他手，他无法辩驳。在铁铮铮的事实面前表达初心，是多么无力苍白。

说不定他做了解释，又会引来蔡京党羽的攻击。何必呢！

于是，他埋头在辞章创作上，沉浸在音符之间。只有这些东西，能让他忘记忧愁。也只有通过作品，才能让更多的人记住他，理解他。

在徽宗时期，周邦彦的作品呈井喷爆发，在诗词里，他不再束手束脚，恣意了许多，他的文风华美，带着几丝少年时的轻狂。

他的粉丝知道，那个才子又活过来了。

他不光填词做音乐，还会潜心搞研究，“依月用律，月进一曲，不断创制新声”，创作了《拜新月慢》《荔枝香近》《玲珑四犯》《兰陵王》《六丑》等词牌。更是在宋词的江湖创了格律派的厂牌。

他在政治里败落的名声，终于在诗词里被拯救。

宋代学者尹焕称赞他的词道：“求词于吾宋者，前有清真，后有梦窗。此非焕之言，四海之公言也。”

宋人沈义父称：“凡作词当以清真为主。盖清真最为知音，且无一点市井气，下字运意，皆有法度……此所以为冠绝也。”

在生命的最后时光，他的灵魂向艺术猛烈地撞击，迸射出灿烂的诗词和音符。

那段时间，他不再疲惫，而是觉得轻盈。他终于明白，他的灵魂属于艺术。在自己热爱的舞台，做自己热爱的事，才不会疲惫。

最终，他含笑地合上了双眼。

他笃信，他的词曲篇章，将如水般潺潺流淌，流进历史，流经时间，飘到后世人的耳中、心中。

即便离开世界，也能和后来人共鸣，这样的事情，岂不浪漫！

<table>
<tr><th colspan="6">宋词江湖角色表——周邦彦</th></tr>
<tr><td>姓名</td><td colspan="5">周邦彦，字美成，号清真居士</td></tr>
<tr><td>生卒年</td><td colspan="5">1056—1121年</td></tr>
<tr><td>江湖身份</td><td colspan="5">北宋文学家、音乐家，宋词“婉约派”的代表词人之一</td></tr>
<tr><td>江湖称号及成就</td><td colspan="5">是北宋词婉约派的集大成者，格律派的创始人。旧时词论称他为“词家之冠”，王国维称其为“词中老杜”，在宋代影响甚大。有《清真居士集》，已佚，今存《片玉集》</td></tr>
<tr><td>人物评价</td><td colspan="5">（明）王世贞：“美成能作景语，不能作情语；能入丽字，不能入雅字以故价微劣于柳。然至‘唤起两眸清炯炯，泪花落枕红绵冷’。”</td></tr>
<tr><td rowspan="3">知识链</td><td colspan="5">出自周邦彦的成语</td></tr>
<tr><td>扼襟控咽</td><td>桃蹊柳曲</td><td>弄粉调朱</td><td>殊形妙状</td><td>云收雨散</td></tr>
<tr><td>朱颜翠发</td><td>蜂媒蝶使</td><td>移宫换羽</td><td>目不给视</td><td>柳泣花啼</td></tr>
</table>

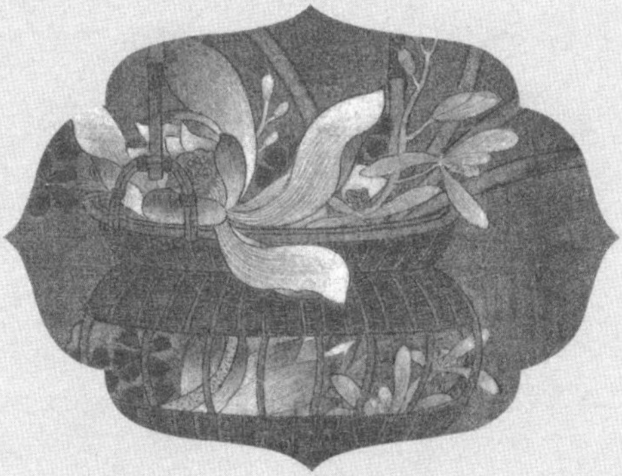

拾

尽兴而活，遍尝人间滋味

宋.佚名.工笔.花蓝图

一

一阵秋风扫进南宋临安城的某个院落里，吹过将要凋零的菊花。

梧桐凄凄细雨淋沥，到了黄昏时分，那雨声还点点滴滴。

一位身着素衣正坐在窗前发呆的女子猛然回神儿，她裹了裹衣衫，又将手伸向一旁桌子上的杯盏，小酌了一口。

可这淡酒的热量还是抵不过秋日晚风的寒凉，这寒凉却不及她心头悲凉的万分之一。

国破、家亡、夫死、文物散佚，任何一件事，都足够让她感伤悲凉。

她已经不知道，度过多少个这样清冷的日子。不过相较于前几年的颠沛流离，这已经算是难得的安稳了。

她总是时不时地想念汴京，想念青州。可是，如今都回不去了。

前些年，靖康之难，国土沦丧，长江以北地区烽烟四起，金人每日在这片曾经祥和的土地之上掠夺。

如今，南宋已经建立，宋军也开始了大规模的反击，岳飞、韩世忠等人先后在长江以北组建了军队，展开对金人的反击，战事紧张，仅有外患，收复之路并不容易。

故土难归，她只能一杯又一杯地喝着酒，让自己醉在梦中。

梦里，她不再是临安院落里无人问津的孤独女子，而是曾是汴京城里无忧无虑的官家小姐，是那个名满京师，引名流称赞的才女李清照，是那个和丈夫一起痴迷于金石研究的易安居士……

二

梦回北宋汴京，这里真是富贵迷人眼。

六岁的李清照第一次来到这里时，就被迷住了。虽然她的家乡济南章丘也很美，但汴京有着与家乡全然不同的景致。这里有热闹的街市，有高大气派的楼阁，有着她从没见过的商品……

那时候的她，正兴奋于生活的重大变化，还完全感受不到时代脉搏的跳动。他的父亲李格非才学出众，曾受苏轼赏识，是“苏门后四学士”之一。

宋神宗驾崩后，九岁的哲宗继位，高太后把持朝政。高太后一直反对新法，掌权后便着手废除新法，重新启用被贬的司马光、苏轼等元裕旧党人士。李格非被起用，调往京城。

政治的变动，也间接影响了李清照的人生脉络。

李清照好奇地打量着这座城，缠着父亲问东问西，父亲都一一耐心地回答。

“清照，以后我们就生活在汴京好不好？”

听到父亲这话，李清照开心极了，她狠狠地点头，脸上绽开了花。

此后岁月，汴京城里又多了一个快乐无忧的官宦小姐。

李格非是个读书人，他在养育李清照的时候也不拘一格，给了女儿知识和文化的滋养。当同龄女子在喝茶、绣花的时候，李清照正痴迷于诗书。而这朵被浇灌了多年的花蕾，也不知不觉中在文学的沃土里盛放。

就比如，那年的她正是豆蔻年华，一次游玩晚归的情景被她入了词，就成了传世佳作。

常记溪亭日暮，沉醉不知归路。兴尽晚回舟，误入藕花深处。争渡，争渡，惊起一滩鸥鹭。

——《如梦令·常记溪亭日暮》

许多年后，李清照依然记得那个初夏的黄昏。

她与一群亲密的朋友寻觅了一处幽静的“溪亭”，她们一边吃酒，一边畅谈，欢声笑语回荡在亭子里。随着醉意渐浓，她们的脸上泛起了红晕。

暮色渐浓，空气中似乎透着一丝凉意。她恍然回神，该是回家的时候了。她们欢闹着登上小船，船身摇摇晃晃，让人分辨不清是船在摇动，还是醉意使然。

暮色笼罩四野，小船在荷塘中荡起层层涟漪，惊扰了正在休息的鱼儿，打破了荷花上蜻蜓的清梦，在醉意朦胧中，竟“沉醉不知归路”，一着急，走错了路，惊起一群飞鸟。

正是那份焦灼与忙乱，打乱了平常的节奏，闯入心间，成了她的念念不忘，又在诗词里永远回响。

若你以为她的词都是少女情志，可就错了。她以词句诉说着人间的情感，又以笔墨描绘着历史的波澜。她的才华，不止一面。

她有婉约词人的柔美一面，也有对国家兴衰的独到见解。

元符三年（1100年），十七岁的李清照结识了学者张耒。这位苏轼的高足，才华横溢，他的《读中兴颂碑》在世间传颂，吸引了众多文人墨客，包括黄庭坚、潘大临等文坛名流都纷纷唱和。

李清照读后深受触动，那些曾经在史书中读到的故事，在她的心中激起了千层浪花。少女的眼神也变得凌厉深邃起来，她以诗言志，挥笔写下《浯溪中兴颂诗和张文潜二首》。她以犀利的笔触批判了唐明皇的过失，借古讽今，告诫宋朝统治者要以历史为鉴，“夏商有鉴当深戒，简策汗青今具在”。

但此时的她，不过是一个初涉世事的少女，却胸怀韬略，对国家社稷能表达出如此深刻的关注和忧虑。

三

十八岁那年，父母媒妁之言，李清照披上了红色嫁衣。

幸运的是，她嫁给了爱情，她的丈夫是才子赵明诚。

她与赵明诚的相识，仿佛是天意安排。

她记得那个春日的清晨，阳光如碎金般洒落。她独自一人在花园中绿杨掩映秋千上轻轻摇曳，感受着春风的温柔。刚刚荡完秋千的她，脸上泛着淡淡的红晕，像是涂了一层薄薄的胭脂。她慵懒地垂下双手，任由微风轻拂着发丝和衣角。她身上的香汗透过薄薄的罗衣渗透出来。

这时，一位俊朗的公子突然闯进了她的世界。他眉目清秀，目光灼灼，打破了她内心的平静。

她猝不及防地站起身来，却因为过于慌乱抽身就走，金钗从发髻上滑落，掉在地上发出清脆的响声。她走到门口却又忍不住回头偷看那位公子一眼。那一眼让她心跳加速、面红耳赤。为了掩饰自己的失态和娇羞，她假装嗅着青梅的香味，边嗅边看，目光却时不时地瞟向那位公子。于是，她羞怯欢喜地写下：

蹴罢秋千，起来慵整纤纤手。露浓花瘦，薄汗轻衣透。

见客入来，袜刬金钗溜，和羞走。倚门回首，却把青梅嗅。

——《点绛唇·蹴罢秋千》

后来，她知道那位公子名为赵明诚。

有人说，最好的爱情是势均力敌的，他们之间大抵如此。

赵明诚和李清照一样，出身于官宦的书香之家，自幼饱读诗书。上天眷顾，两个爱好文艺的人结为夫妻，自然有着说不完的话题，并且他们还找到了共同的爱好——赏玩金石。

与李清照成婚时，赵明诚还是一名太学学生，他会在每个月的初一、十五与妻子团圆。

某月十五，李清照准备好酒菜，听见门外的脚步声，便欣喜相迎。见到赵明诚时，星眸闪亮。下一刻，她又似乎察觉到了一些不寻常。

“你的衣衫……”

还没等李清照把话说完，赵明诚宠溺地笑道：“清照，看我给你带了什么礼物？”

李清照转而望向赵明诚手中的包裹，欣喜道：“是我最爱吃的果子！”

“这还有呢！”紧接着他又把另一个包裹打开，里面是一块碑文。

李清照急忙放下了果子，小心翼翼地捧起碑文，自顾自地分析起这碑文的历史。赵明诚时不时地搭话与之交流。

说了好一会儿，李清照才回过神儿来：“你怎么有银两买这些？”

赵明诚憨憨地笑着看了看自己的衣服，不知道要怎么开口。

聪慧的李清照一下子明白，他这是把外衣典当了，才换来这些东西。她的心中又甜蜜，又心疼，嗔怪丈夫下次不许这样。

有趣的是，当李清照遇见喜欢的古书没有足够银子时，竟也当了自己的新衣服，换来心头爱。这竟也成了“脱衣市易”的典故。

两个贵族子弟，怎么会沦落到典当衣服买礼物？

当时，李清照之父李格非担任礼部员外郎，赵明诚之父赵挺之任吏部侍郎，都是朝廷的高官。但两个家族都是寒门崛起，家风素简，所以家中子弟在生活上并不铺张。

接下来的日子，甜蜜如旧。赵明诚在回家探望妻子之前，还是忍不住去相国寺市场逛一逛，买些吃食，买些金石书画等，回到家中与妻子一同品味、欣赏。

古老而神秘的碑文，仿佛打开了一扇通往遥远历史的时光之门，引领他们穿越时空，体验那远古的无忧岁月，聆听历史的呢喃。

那段时间，幸福涂满了生活的角落。

李清照写出来的新词，都是香香软软的，她娇嗔地问丈夫，自己和花谁漂亮。“怕郎猜道，奴面不如花面好。云鬓斜簪。徒要教郎比并看。”（《减字木兰花·卖花担上》）

后来，赵明诚进入仕途，这意味着他有了独立的经济来源。可尽管他们的生活条件有所改善，还依然保持着简单的生活方式。他们对金石字画的热爱从未减退，甚至更加痴迷。他们愿意将大部分的财物投入这个领域，追求“穷遐方绝域，尽天下古文奇字之志”。

由于财力有限，他们有时也不得不为心爱的字画割爱。曾经有一次，有人带着徐熙的《牡丹图》找上门来，开价二十万钱。徐熙是南唐的杰出画家，他的《牡丹图》更是他精心制作的珍品，尤为珍贵。

面对这样的诱惑，赵明诚和李清照多方筹措，但仍然无法筹集到足够的钱。

爱而不得，求而不得，是遗憾，也堆叠了珍惜和喜爱。

他们捧着《牡丹图》翻来覆去地看了一晚上，琢磨每一个笔触，每处色彩，好似要把这画印在心里。第二天，两人顶着黑眼圈，把画归还给买家。

就这样，时光悠悠而过，甜蜜和喜悦铺底，点缀着人生况味。

如果日子就这样一直平静幸福地过下去就好了，可惜现实里没有如果。

四

崇宁元年（1102年）七月某日，李清照正在品茶读书，赵明诚匆忙推门而入。

“清照，大事不妙。”

李清照微蹙眉头，她察觉到，丈夫的表情前所未有的严肃和紧张。这样的气氛让她心生不安，她不禁好奇，究竟是什么事情能让丈夫如此慌张。

丈夫接下来的话语，如晴天霹雳，令她心头顿时一凉。

政治的惊涛拍岸，李家被裹挟其中。

原来，她的父亲李格非卷入了新旧党争，被列入了元祐党籍，最终罢免了官职。这个突如其来的打击让她措手不及，她想象不出，父亲是如何承受这样的大起大落。一时间，心中满是慌张和焦急。

好在，李清照很快冷静下来，意识到着急是无法解决问题的。她决定采取行动，为父亲做些什么。

在那段日子里，她通过各种途径打听消息，寻找解决办法。

当时，李清照的公爹赵挺之正一路升迁，她便借此机会，写诗向公公求助。然而，尽管她多方寻求援助，最终还是未能改变父亲被罢官的命运，李格非只得回到原籍。

李清照红着眼送走了父亲，一遍又一遍地叮嘱父亲要照顾好身体，之后她常常给父亲去信。在赵明诚的陪伴下，李清照的心境渐渐平缓，可是从那时开始，她的心里隐隐地开始不安。

又是一年，祸患尚未停止，朝堂中党争愈演愈烈，李格非的“元祐党人”罪名竟然株连李清照。朝廷下诏，禁止元祐党人子弟在京城居住。此外还规定，宗室不得与元祐党人的子孙通婚。

这个消息对李清照来说无异于雪上加霜，她在汴京的生活也变得无以为继。无奈之下，她只得独自离开京城回到原籍，去投奔早已被遣归的家人。

他们夫妻二人一边互诉相思，一边互相鼓励。最后，无奈转身。

她第一次尝到，与爱人长别的苦楚。

回到故乡，熟悉的风景都涂上了一层忧愁颜色。一个凉秋的夜晚，月光皎洁，洒满了西边的亭楼。荷花已经凋谢，香气已经消散，那冷滑如玉的竹席，透露出深深的秋意。

李清照轻轻地提起长裙，独自一人登上一叶轻盈的兰舟。她仰望那遥远的夜空，白云舒卷之间，雁群南归，月光依旧。而她和他，却天各一方。

那无法排遣的相思，这难以忍受的离愁，刚刚从微蹙的眉间消失，又悄悄地缠绕上了心头。于是，她无限感慨地写下：

红藕香残玉簟秋，轻解罗裳，独上兰舟。云中谁寄锦书来？雁字回时，月满西楼。

花自飘零水自流，一种相思，两处闲愁。此情无计可消除，才下眉头，却上心头。

——《一剪梅·红藕香残玉簟秋》

日复一日，四季轮转，时间在忧愁和盼望中划过。朝中的政治纷争也一刻没有停息。

崇宁五年（1106年）二月，蔡京罢相，这是一个重要的政治转折点。在此之前，蔡京的权势如日中天，他的罢相意味着政治风向的改变。接替他的是赵挺之，赵挺之曾任尚书右仆射兼中书侍郎，此次复职，无疑是他政治生涯的一次回升。

与此同时，朝廷宣布大赦天下，解除一切党人之禁。这消息对于李格非等人来说，无疑是天大的郝晓晞。被贬谪的他终于可以得以重返庙堂，实现自己的抱负。而李清照也得以返归汴京与赵明诚团聚。

可是，这份团圆的喜悦并没有持续太久。大观元年（1107年）正月，蔡京再次拜相，政治风云再起。这场政治变动使赵氏陷入灾难。三月，赵挺之被罢右仆射，没过几天便病逝。他的离世，让赵家失去了庇护。

蔡京是一个报复心极强的人，他在赵挺之去世后，对其家族进行构陷。赵挺之赠官被追夺，其子的荫封之官亦因而丢失，赵家在汴京的生活愈发艰难。

这些年人生几经颠簸，先是李家，后是赵家。李清照明白，岁月的静好是多么珍贵而奢侈，安稳度过最是难得。离开汴京，成了最安稳的选择。

所以，李清照和赵明诚在青州的私第，开始了闲居乡野的生活。

五

青州，归来堂内。

一个寻常的傍晚，赵明诚手持书卷安静地阅读，时而发出轻柔的翻书声。李清照坐在炉边，欢快的火苗在炉子里跳跃，映在她清亮的眸子上。她眼中的欢愉与炉火交织在一起，显得愈发温暖。

不一会儿，水中翻腾活泼的水泡，她小心翼翼地伸出纤纤秀手，开始点茶。渐渐地茶香袅袅升起，与她衣袖上薰的花香散发相互交融，飘散在静谧的空间里。

“茶烹好了，要不我们来赌书吧！”她笑盈盈地回首望向赵明诚。

“好啊！”赵明诚抬头，兴致勃勃地回应着妻子。这种赌书的游戏，是他们经常玩的。他们常常指着堆积的史书，说出某一典故出在某书某卷第几页第几行，猜中的人获胜。赌赢的人，就可以先喝茶。

半个时辰后，李清照已经多次获胜，肚子里装了不少茶水。

“清照，你的记性太好了！我输了，我输了。”赵明诚从不吝惜对妻子的夸赞。

“那当然，我天性博闻强记。”李清照带着几分得意笑着说道，这一笑把正要送入口中的茶水洒在了衣服上。

赵明诚看着妻子的模样，也忍俊不禁，欢笑声频频地从归来堂中传出，月亮有时都会偷听到。

在青州的日子虽比不上在京师丞相府那样优渥富裕，却难得有一番闲居的雅趣，当年的陶渊明的隐逸生活，想来也不过如此吧！所以，她特地把他们的居所取名为“归来堂”，正是源于陶渊明的《归去来兮辞》。

在这里她给自己起了号“易安”，简单安稳的生活，正是她的心之所向。

这样的生活李清照感到很幸福，也很珍惜。多年后她把这段难忘的生活片段记录在《〈金石录〉后序》中。到如今这段故事成了“赌书泼茶”成语典故，成为夫妻之间琴瑟和弦的代名词。

只是后来岁月流转，故事变调，当时的欢愉喜乐，都成了回不去的旧时光。

六

政和七年（1117年）的一个阳光明媚的日子，赵明诚在归来堂的书房中，放下手中的毛笔，满意地长舒一口气。他看着案几上的厚重书籍，兴奋地说：“《金石录》大体是完成了！”

李清照正在整理一册册珍贵的古籍，听到赵明诚的话，她连忙抬起头，眼神中满是喜悦和敬佩：“恭喜夫君！”

赵明诚谦虚地笑了笑，说道：“这离不开你的支持和协助，你是我的最佳助手。”

李清照环视这归来堂，他们在青州生活多年，如今这里充满了浓郁的书香和金石气息。满屋子的金石书画，见证了他们多年来对金石的热爱与执着。

为了珍藏更多的心爱书籍，李清照甘愿清苦度日。她舍弃了丰盛的菜肴简单饮食，她不再穿华丽的衣裳，不再佩戴明珠翡翠。节省下来的每一分钱，都是为了遇见心仪的书籍。只要书籍字迹完整、版本正规，她便会毫不犹豫地买下珍藏。

这些书籍罗列在几案上，堆积在枕席间，每当翻阅，就如同智者对话，与古人神交。而她很享受这种精神上的愉悦和满足。

七

一转眼就是几年时光，但静好的岁月没有一直绵延下去。

不知什么从时候开始，归来堂里的笑声淡了，日子开始冷清了。

金狮香炉烟雾消散，余温冷却。锦被翻乱，如红色波浪起伏，起床后懒得梳理头发，任由它散乱着。太阳慢慢升起，透过帘子照射进来，灰尘满布的梳妆匣映照出生活的沧桑。

这样生活，已经有一段时日了。

李清照怎么变得如此堕怠？原来是丈夫外出远行了。

离别之痛，难以言说，难以消解。近日来，她又瘦了一圈。

索性写诗填词，聊以慰藉。

香冷金猊，被翻红浪，起来慵自梳头。任宝奁尘满，日上帘钩。生怕离怀别苦，多少事、欲说还休。新来瘦，非干病酒，不是悲秋。

休休，这回去也，千万遍《阳关》，也则难留。念武陵人远，烟锁秦楼。惟有楼前流水，应念我、终日凝眸。凝眸处，从今又添，一段新愁。

——《凤凰台上忆吹箫·香冷金猊》

此时的离愁虽苦，但因为有期盼，能重逢，苦中有着甜。

宣和三年（1121年），李清照离开故乡青州，跟随丈夫赵明诚赴莱州、淄州等地担任官职。从此，她告别了平静的生活，踏上了动荡不安的岁月。

靖康元年（1126年），雄心勃勃的金人向北宋发动猛烈进攻。仅仅一年后，金兵的铁蹄就无情地踏破了汴京的繁华，俘虏了徽、钦二帝，北宋的统治如同破碎的瓷器，散落一地，历史也因此翻开了新的一页。李清照也不得不随着丈夫踏上南下的避难之路。

有一次，金兵的铁蹄再次袭来，人们惊慌失措，如同被惊飞的鸟儿一般四散逃命。李清照也身处其中，开始了她颠沛流离的生涯。她与众人一道，从临安逃至金华，每一步都充满了未知与危险，最后栖身于一户陈姓人家。

那天，她踏进屋门，感受到一股久违的温暖。屋内的烛火摇曳，照亮她的脸庞，也照亮了她的心。此刻的她，心境宁静，便思索着如何度过这难得的安宁之夜，于是便提议一同玩“打马”[1]游戏。

这个提议立刻得到了众人的响应，他们围坐在烛火旁，铺开游戏棋盘，骰子在众人手中传递，清脆的骰子声与欢快的笑声交织在一起，仿佛逃亡的苦难与他们无关。

李清照很擅长此游戏，并且对这个游戏情有独钟，她曾在《打马图序》中坦言：“予性喜博，凡所谓博者皆耽之，昼夜每忘寝食。但平生随多寡未尝不进者何？精而已。”

在北宋繁荣的时代，社会安定，人们的生活过得悠然自得，各种娱乐游戏应运而生，诸如斗鸡、斗蛐蛐儿、赌球等不下二十几种。无论是富家子弟还是平民百姓，都喜欢在闲暇之余聚在一起，玩几局游戏，享受片刻的欢愉，李清照正是其中之一。而且她不仅喜欢玩“打马”，更将其作为一种文化去深入研究。她深入挖掘各种“博戏”的源流与变化，绘制成图册，记录丰富多彩的“打马”文化。并且她还发明了“依经马”这种玩法，曾让侄子记录下规则，希望自己的“杰作”能够流传百世。

“打马”游戏带给她无尽的快乐，陪伴着她度过了一个个寂静的夜晚，为她的生活添加了一个愉快的音符。

其实所谓乐观，不就是每时每刻，好好活着。所以即使在这样糟糕的逃亡时刻，李清照也可以暂时放下人生沉重的东西，见缝插针地放松身心寻找快乐。

[1] 打马乃是古代一种博输赢的棋艺游戏，棋子叫作“马”。

八

靖康二年（1127年），李清照的生活被深深刻上了“动荡”的烙印。

这一年，随着赵明诚被任命为江宁府知府，李清照带着十五车书籍和器物，紧紧追随着丈夫的脚步，踏上了南下的征程。

在他们的青州老家，还封存着大量的书册和什物，占据了十多间房屋。李清照心中挂念着这些无法带走的宝藏，她希望来年春天能够备妥船只，将它们带走。然而，命运对她开了残酷的玩笑。就在十二月，青州兵变，那些她心心念念的藏书，在熊熊烈火中化为灰烬。这一消息传来，李清照难过了很久。

在战乱中颠沛流离的李清照与赵明诚，终于在江宁团聚。在江宁，她时刻关注着时局的变化，与赵明诚一同分析局势，为未来筹谋。因为她明白，这样的安宁可能随时会被打破。

金兵来势汹汹，宋高宗一路向南逃亡，朝廷官员纷纷四散。江宁城也陷入了人心惶惶的境地，许多达官贵人纷纷逃往乡下避难，军队士气低落。不料在这关键时刻，江宁城发生了叛乱。赵明诚作为一城之主，竟然懦弱地选择了弃城而逃。

李清照悲愤交加，提笔写下《夏日绝句》，诗中写道：“生当作人杰，死亦为鬼雄。至今思项羽，不肯过江东。”她对这苟且偷生的王朝愤怒到了极点，也对丈夫的软弱感到失望。

她难过了很久，还是选择原谅了丈夫。漂泊乱世，他们是彼此的依靠。

建炎三年（1129年）的盛夏，赵明诚接到了湖州知州的任命。六月十三日的清晨，赵明诚精神抖擞，身着夏布衣，头巾覆额，目光如炬，与李清照挥别。

李清照忧心忡忡，担心城中局势不稳，她紧张地问："若是城里局势紧急，我们该如何是好？"

赵明伸坚定地回答："看情况吧。实在不得已，先丢掉包裹箱笼，再舍弃衣物被褥，接着是书册卷轴，唯独那些宗庙祭器和礼乐之器，要紧抱在怀，与生命共存亡，切记！"

说完，他策马离去，顶着炎炎烈日一路疾驰。

七月底，家书传来噩耗——赵明城病倒在床。李清照惊恐万分，她知道赵明诚性情急躁，若误服凉药，病情恐怕不妙。于是她急切地乘船东下，昼夜兼程三百里。然而，当她赶到时，赵明诚已病入膏肓，生命垂危。

她悲伤流泪，却不忍心问及后事，只能眼睁睁地看着他的身体一天一天地憔悴下去。

那日，赵明诚再也起不来了，他取笔作诗，绝笔而终，没了呼吸。

李清照悲痛欲绝，为其撰写祭文："白日正中，叹庞翁之机捷；坚城自堕，怜杞妇之悲深。"她用最深切的哀思寄托对丈夫的思念。

这一次的生死离别让李清照意识到，从前的离愁别绪，不过是调剂人生的一杯淡酒。而如今的生死之别，是残酷的刀锋，生生地割碎了她的幸福。

赵明诚的离世使她失去了精神的支撑，她变得茫然不知所措。

后来，那些藏品就成了她最后的念想。这些藏品是文化瑰宝，也承载着他们所有幸福的时光，她要用余生守护这些珍宝。

九

绍兴元年（1131年），越州，一户钟姓人家。

李清照失魂落魄地望着空空的屋子瘫倒在地，一个残酷的现实摆在眼前——她的书画，那些她视为生命的珍宝被盗走了。

一瞬间，她的心好像被掏空了一般失去了所有的温度和力量。

那些书画不仅仅是她和赵明诚的收藏，更是他们爱情的见证，记录了他们的点点滴滴，是她在这乱世中唯一的慰藉。

回想这护宝之路，都是辛酸和眼泪。赵明诚去世后，她先是投奔赵明诚在洪州的大妹夫李擢权兵部侍郎，不料洪州沦陷，她又投奔在朝为官的弟弟李迒，辗转多处，居无定所。因局势紧张，她不得不随御舟从海道往温州，再辗转至越州。

后来，更要命的是有赵明诚通敌的谣言流传开，这使得李清照陷入深深的惶恐。为了证明赵明诚的清白，她决定将部分古代文物上交给朝廷，赎得清白。她将剩下的一些藏品寄放在剡县，却没想到在官军搜捕叛逃士兵时被带走。听说那些藏品全部归了前李将军家中，她心如刀绞，却也无能为力。

如今，她只剩下书画砚墨五六筐，这些都是她亲手保管、藏在床榻下的珍宝。然而，就在她以为可以暂时松一口气的时候，这些珍宝却又被贼人盗走。

伤心的李清照决定破釜沉舟，她贴出告示，重金悬赏收赎那些失窃的书卷。

过了两天，邻人钟复皓拿出十八轴书画来求赏。李清照看到这些失而复得的珍宝，眼中闪烁着泪光。她知道自己距离那盗贼已经不远了，于是千方百计地恳求钟复皓帮忙追回其余的藏品。然而，钟复皓却再也不肯拿出更多的东西来。

后来，李清照得知自己的藏品被福建转运判官吴说贱价买去。她感到一阵绝望和愤怒涌上心头，那些她视如珍宝的东西就这样流失了。这时她的藏品已经去掉了十分之七八，只剩下一些残余零碎、不成部帙的书册和平平庸庸的书帖。

她觉得，自己的人生像是被捅了个窟窿，珍贵的东西一个接着一个地失去。

十

绍兴二年（1132年），李清照孤身一人抵达杭州，身心俱疲的她仿佛走到了绝路。

国破家亡，爱人的离世，生活的艰辛，她历经了无数次的苦痛与磨难。那些用心守护的金石古物，也随着战乱的蔓延而遗失。如今，她身边仅剩的一些值钱物品，也引来恶人的贪婪目光。

这个恶人叫张汝州。

他趁李清照孤苦无依之际，用尽心机，向她展开猛烈的攻势。他甜言蜜语，极尽温柔之能事，使李清照渐渐放松了警惕。她不奢望爱情，她只渴望余生安稳度日。

在张汝州的虚情假意之下，李清照选择了相信他。

婚后的生活让李清照大失所望，张汝州的本来面目暴露无遗。他的柔情蜜意瞬间消失，取而代之的是对李清照的贪婪索取。

李清照痛苦地意识到，自己竟然嫁给了一个人面兽心的男人。然而，她并非寻常女子。历经了人生的大起大落的她早已练就了坚韧的性格。她绝不会忍气吞声。

于是，在婚后的第一百天，李清照勇敢地提出了离婚。在当时的宋朝法律中，妻告夫虽属实，但妻子仍需承受两年的徒刑。这意味着，就算李清照打赢官司，她也必须付出坐牢的代价。

她毫不犹豫地选择了抗争，哪怕付出自由的代价，也绝不放过这个恶棍。

最终，在翰林学士綦崇礼的援助下，为李清照向皇帝请求恩赦。李清照坐了九天的牢便重获自由。而那个恶贯满盈的张汝州，也被朝廷罢免官职，流放到柳州。

一番折腾，又耗费了她大半心力，她不再寄希望于任何人。飘零也好，孤独也罢，她会一个人走完余生。

十一

某个黄昏时分，李清照独自坐在静谧的书房中，一束柔和的夕阳透过窗棂洒在她身旁。她偶然翻开了桌上那本尘封已久的《金石录》，一下子怔住。

她定定地看着那些熟悉的字迹，心中涌起一股难以言喻的情感。一回神儿，就红了眼眶，泪水蒙住了眸子。

那些清晰如昨的字迹，那些曾经陪伴她度过无数个日夜的回忆，如同潮水般涌上心头。她仿佛又回到了莱州静治堂，回到了那个充满欢声笑语和书香墨韵的时光。

她清晰地记得，那时的赵明诚是如何将《金石录》整理装订成册的。他总是那么细心，每一卷都精心地插上芸签，束以缥带，十卷为一帙。每当夜幕降临，属吏们散去之后，他便会点起一盏孤灯，校勘和题跋。

然而如今，那些熟悉的字迹依然如新。她轻轻抚摸着那些字迹，心中涌起一股难以言喻的苍凉。

明诚墓前的树木已经长得可以合抱了，而那个曾经与她并肩走过风风雨雨的人，却再也无法回到她的身边。

痛苦的时刻，她的思绪不禁飘向了远方。她想起了梁元帝萧绎在江陵陷落时的焚书之举，那熊熊烈火中吞噬了十四万册图书，更是毁掉一个时代的文明和记忆。她又想起了隋炀帝杨广在江都覆灭后的夺书行为，又是何等的荒谬和可悲。

她不禁自问，难道是上天认为她资质浅薄，不配拥有这些珍贵的物品？还是明诚在死后仍然关心这些事物，不愿它们留在险恶的人间？为何她得到这些珍贵物品的过程如此艰难，而失去它们如此轻而易举？

这些疑问在她的心中盘旋不去，如同一只只无形的手在撕扯着她的灵魂。

李清照带着这些疑问，用回忆的笔墨撰写了《金石录后序》，记录了这段充满坎坷的金石收藏和守护之旅。

绍兴十三年（1143年）当李清照将赵明诚的遗作《金石录》校勘整理完毕，并献给朝廷时，她的心中充满了欣慰和满足。

她知道这是她对丈夫最后的告别，也是她对自己多年来的坚持和努力的一个交代。

从此以后丈夫的作品将会流传千古。而她也会继续用自己的方式守护着那些珍贵的记忆和情感，直到生命的尽头。

十二

临安城，晨曦初露，窗前的李清照缓缓醒来。

她睁开双眼，映入眼帘的是一片寒凉清寂的景致。昨夜的梦境已随风飘散，唯留下心头的一丝惆怅。她轻轻叹了口气，转身取过床头的酒杯，又自斟自饮了一杯。

在古代，男人饮酒被视为豪迈洒脱之举，而女人喝酒则常被认为是不成体统。可李清照却从不拘泥于此。

她经历过幸福烂漫的时光，也承受过失去亲人和爱人的痛苦。她把人生酸甜苦辣各种滋味泡在酒缸里，细细品味。酒香缥缈，激活年少时的欢愉，生发出丰盈的灵感，排遣她内心的情愁，引渡她进入美梦……最终，陪伴她向尘世告别。

这世界从不属于任何人，每个人都是过客。

这一生，诗词歌赋，美酒佳肴；人间烟火，酸甜苦辣；浓情蜜意，伤心别离……她都一一尝过。

人生这场盛宴，她尽兴而归，足够了。

宋词江湖角色表——李清照					
姓名	李清照，号易安居士				
生卒年	1084—1155年				
江湖身份	宋代婉约派代表词人				
江湖称号及成就	有“千古第一才女”之称。后人辑有《漱玉集》《漱玉词》				
人物评价	（宋）朱熹：“本朝妇人能文，只有李易安与魏夫人。李有诗，大略云：‘两汉本继绍，新室如赘疣。所以嵇中散，至死薄殷周。’中散非汤武得国，引之以比王莽，如此等语，岂女子所能。”				
知识链	出自李清照的成语				
	宠柳娇花	局地扣天	绿肥红瘦	三沐三薰	说梅止渴
	物是人非	遐方绝域	云窗雾阁	乍暖还寒	寻寻觅觅

壹拾壹

浪迹江湖的词人

宋.佚名.叱石成羊图页

一

宋孝宗淳熙元年（1174年），汉川县山阳小村依旧宁静如初。春寒料峭，微风中还带着些许凉意。

阳光已逐渐明媚起来，透过稀疏的云层，斑驳地洒在村落的屋舍、田野和蜿蜒的小径上。远处不时传来几声清幽的鸟鸣，似乎在宣告着春天的到来。

村落一隅的姜家小院，炊烟袅袅升起，与远处的山岚云雾交织在一起。

屋内，姜夔一袭布衣长衫，正端坐在窗前的书案旁，他的目光专注地落在手中那本泛黄的诗集上。

屋外，姜夔的姐姐正在忙碌地准备午饭。她娴熟地处理着食材，偶尔抬头望向屋内，看到弟弟那专注读书的模样，脸上不自觉地露出温柔而欣慰的笑容。她知道姜夔自小就聪明好学，对诗词更是情有独钟。如今看到他如此用功，她感到无比的骄傲和满足。

此刻的姜夔，正沉浸在杜牧的诗篇中，他的目光专注而深邃，仿佛能够穿透文字，直抵诗人的内心世界。

娉娉袅袅十三余，豆蔻梢头二月初。
春风十里扬州路，卷上珠帘总不如。

——杜牧《赠别二首·其一》

姜夔轻声吟诵着，每一个字句都在他的唇齿间跳跃，化作美妙的音符。当他念到“扬州”二字时，眼中闪过一丝向往的光芒。

扬州对杜牧有着非凡的意义，那里承载着他的自由与落寞。

想着杜牧的故事，姜夔不由得出了神。

当年的杜牧可是意气风发的贵公子，他生于长安望族，祖父杜佑三朝宰相，父亲杜从郁官至太子司议郎，他与李商隐并称“小李杜”，二十三岁时，凭借《阿房宫赋》一赋成名，二十六岁顺利拿下科举进士，开端就是人生赢家。

可是，人生偏偏来了个急转弯，杜牧的祖父和父亲去世后，杜家家道中落，贵公子没了往日风光。后来，他居扬州十载，流连忘返于秦楼楚馆，放浪形骸，得了个“风流贵公子”的名号。

姜夔仿佛看到那位风流倜傥的贵公子在扬州的烟雨中漫步，与佳人共赏春光，又看到他仕途失意，借酒浇愁，挥毫泼墨，写下了一篇篇千古传颂的诗篇。

他心中暗想：有一天，一定要去扬州看看。去看看那里的烟雨楼台，去听听那里的吴侬软语，去感受一下那里的诗酒风流。

二

姜夔出生于一个破落的官宦之家，他的父亲姜噩，曾是绍兴三十年的进士，然而仕途并不如意，只谋得了县丞、知县这样的小官职。

在姜夔十四岁那年，父亲在知县的任上因病离世，这个家也就此失去了顶梁柱。此后，姜夔便与姐姐相依为命，在这山阳小村中艰辛度日。

每日的清晨，阳光透过窗棂洒在简朴的屋内。姜夔与姐姐围坐在饭桌旁，享用着粗茶淡饭。尽管生活清贫，但他们的脸上总是洋溢着温暖的笑容。这些平凡的时光，成了这段人生中的幸福标签。

某日早饭后，姜夔如往常一样，准备帮姐姐收拾碗筷。

姐姐笑着阻止他："这些琐事不用你操心，你快去温书吧。"说着，她便转身忙碌起来，未曾注意到姜夔依旧站在原地，似乎有话要说。

过了好一会儿，姜夔终于鼓起勇气，轻声说道："阿姊，我想外出游历。"姐姐闻言，手中动作一顿，随即转过身来。她先是一愣，似乎没想到弟弟会有这样的想法。很快，她的脸上露出了欣喜的笑容："好好，你终于长大了，该出去看看外面的世界了。出去见见世面，再考个功名回来，那咱们姜家……"

说到这儿姐姐的声音有些哽咽，眼眶也微微泛红。她知道，弟弟的离开意味着他们将要面临更多的艰辛与孤独。但她也明白，这是姜夔成长的必经之路。

姜夔看着姐姐眼中的不舍与期盼，心中涌起一股温热与酸涩交织的情感。

一个洒满阳光的清晨，姐姐早早地起床，为姜夔准备行囊。她将自己亲手缝制的衣物、精心挑选的书籍以及些许盘缠，都一一放入囊中。

姐姐拉着姜夔的手，叮嘱道："在外面要照顾好自己，多写信回来报平安。"

姜夔重重地点了点头，眼中闪烁着坚定的光芒。他知道，自己不仅承载着姐姐的期望与祝福，更肩负着振兴家族的重任。

于是，他转身出门，迈向广阔天地。

三

南宋孝宗淳熙三年（1176年）冬至，二十二岁的姜夔来到了扬州。

这时候的他已经离家两年多了，认识了不少朋友，也去过不少地方。

各地的风光各有特色，但他最期待的，还是扬州。

他在杜牧的诗里见识过唐朝时期扬州的盛况，那里曾是繁荣的都会，店铺栉比，商贾如织，酒楼与舞榭遍布每个角落。每当夜幕降临，重城之中，倡楼之上，数万盏绛纱灯便会熠熠生辉，如同星河倾泻，悬于空中。那九里三十步的街道，珠翠满目，人声鼎沸。

那一日，姜夔一袭白衣如雪，清俊的面庞染了几分沧桑，眼眸中流淌着期待。而当他站在心心念念的竹西亭上，心脏像是被什么刺穿。

他记得杜牧的诗里写过，从前春风十里繁华的旧道上，到处都是荠麦一片青青。可此时这个名扬天下的杭州，杂草疯长，河水凄冷，完全没有了江南绚烂旖旎的诗意，满目荒凉。

是啊，十多年前，金军的铁蹄踏过扬州，烧杀抢掠，屠戮百姓，毁了那片繁华。南宋的百姓，谁不知道这件事。那亡国之伤，人们不愿提起，却尚未愈合。

天色渐晚，城中响起凄凉的号角，姜夔红了眼眶。当他直面这千疮百孔的扬州，忍不住浮想起那段屈辱岁月，为之难过起来。出了亭子，他又向“二十四桥”走去。默默地吟诵着杜牧的诗，越读越心疼。

青山隐隐水迢迢，秋尽江南草未凋。
二十四桥明月夜，玉人何处教吹箫？

——杜牧《寄扬州韩绰判官》

当年，杜牧曾任淮南节度使的掌书记，与韩绰一同在繁华的扬州共事。“性疏野放荡”的杜牧，在这样的繁华盛景中，饮酒作乐放纵而行，揽着美人细腰醉看歌舞轻盈。他在扬州十年像做了一场大梦，只落得青楼薄情负心的声名。

韩绰与他志趣相投，同样沉醉于这红尘之中。因此，当杜牧回到长安之后，他挥毫泼墨，写下了诗篇，寄赠给那位与他共度扬州岁月的挚友。

如今，“二十四桥”仍在，但只有桥下江中的波心荡漾，月色凄冷，寂静无声，桥边的红芍药孤独生长。

他想，如果杜牧看到了今天的扬州，或许会难以用诗意表达此时此刻的悲伤。

姜夔叹息，这已经不是杜牧的扬州了。

这荒凉景象盘旋在内心，久久不去。于是他写下了一首词，记录复杂的心绪和无尽的悲怆。

淮左名都，竹西佳处，解鞍少驻初程。过春风十里，尽荠麦青青。自胡马窥江去后，废池乔木，犹厌言兵。渐黄昏，清角吹寒，都在空城。

杜郎俊赏，算而今，重到须惊。纵豆蔻词工，青楼梦好，难赋深情。二十四桥仍在，波心荡、冷月无声。念桥边红药，年年知为谁生？

——《扬州慢·淮左名都》

落笔词成，他要给这词起个名字。可找遍了词牌，他都觉得不够恰当，索性就起个新的词牌名，那就叫《扬州慢》好了。

一首《扬州慢》，出道即巅峰。词作疯传，惊艳了南宋词坛。

很多人纷纷猜测这个姜夔是什么神秘高人。有人说，能写出这样叹息的词人想必是经历了人世沧桑，该是个高龄老者。也有人说，这可能是某位大咖的作品，弄了个笔名充当新人……

当人们知道姜夔本人的真实情况后，又会忍不住大赞，青年才俊，未来可期。

从此，词坛的江湖里，有了很多关于姜夔的传说。

四

年轻的姜夔，身在江湖，但心里渴望的是庙堂。

彼时，他已经在词坛上打响了名声，科举也就多了一分把握。于是，他兴冲冲地回到原籍参加科举。

结果，他落榜了。

第一次落榜，他很快调整好心态。初战不利的考生比比皆是，正常！正常！

第二次他摩拳擦掌，想着要好好发挥。结果，还是落榜。他有些沮丧，但他宽慰自己，还有希望。他想起姐姐殷切期望的目光，眼眶发酸，于是，他握紧了拳头，便重整旗鼓参加了下一次科举。

第三次落榜时，他有些茫然，是不是自己真的没机会入仕了？他回想起年幼时父亲的教导，又想到父亲中进士时的喜悦和殷切嘱托，他不能让父亲失望，决定再试一次。

第四次，他还是落榜了。

都说事不过三，那么第四次科举，是他给自己最后的机会。

失败很难过，但至少试过了。1174年到1183年期间，他曾为了理想努力过，不留遗憾。

但其实想想也的确没什么好遗憾的，古代科举常规的环节分为解试、省试、殿试。姜夔输在了第一轮解试，考试越到后面竞争越激烈。科举入仕，真的渺茫。

为什么姜夔的科举会连连失利？

宋朝重文抑武是士大夫的天下，在朝廷鼓励下，读书人太多了，有大把大把的书生，从小就开始系统地学习，为了今后科举应试做准备。而姜夔生在一个破落的官宦人家，少年时父亲就去世了，他只能跟着姐姐成长。他既没有接受过系统的应试教育，也没有一个领路人，只是依着自己的兴趣读诗书。以至于他在诗词艺术上有着卓越的天赋和才华，但是在治国的方略上却摸不着头脑。

所以，这个满身艺术细胞，又严重偏科的才子，四次闯关也没能闯进仕途的大门。

这世间有千万条路，这仕途之路，不属于他。

他在看清了现实之后，终于转身，投身江湖。

此后，除了仕途，山川湖海，亭台村落，到处都是他的路。

五

屡试不第的姜夔过起了浪迹江湖的日子。

他辗转各地，追逐着他的诗和远方。他吹过杭州的风，淋过苏州的雨，聆听过江淮的飞鸟悲鸣……他填词作曲，广交朋友，参加过一个又一个把酒言欢的宴会，也度过了一个又一个寂寥的夜晚。

说是游历，更像是漂泊。

他享受着漂泊的自由和寂寞，也要忍受着生活的苦难。

碎银几两，柴米油盐，有时候会让他眉头紧皱，让他感到人生的酸楚和困顿。漂泊久了，会渴望安稳。

幸运的是，他遇到了一个贵人。

大约是在淳熙十二年（1185年），姜夔结识诗人萧德藻。

萧德藻，字东夫，自号千岩老人，是一位德高望重的诗人，杨万里说他“文学甚古，气节甚高，其志常欲有为，其进未尝苟合。老而不遇，士者屈之”，并将他与尤袤、范成大、陆游并举，称为“四诗翁”“四诗将”。

萧德藻是姜夔父亲姜噩的同年进士，姜夔作为晚辈前去拜访，他本以为这只是一次寻常的拜访，却没想到竟然成了他人生的转折点。

许久以后，姜夔依旧无法忘记二人初次见面的欢愉和激动。

在萧德藻的书房中，姜夔坐在客座上，手中捧着一杯热茶。他的目光不时落在墙上的字画和满架的诗书上，心中对这位前辈的万分敬仰。

萧德藻坐在主位上，面带微笑地看着这个年轻人。他的眼中闪烁着睿智的光芒，仿佛能看透姜夔内心的每一个想法。

那天他们聊了很久，诗词歌赋的发展，遣词造句巧思，触景生情的感怀……然而，当话题转到功名上时，姜夔不禁露出了一丝苦涩的笑容。四次落榜的经历像一块沉重的石头压在他的心头，让他无法释怀。

萧德藻看出了他的心事，笑着说道：“天地之大，不一定非要进入仕途才能有所作为。做出精彩辞章，一样可以流传千古。”他又感慨地说，“我作了四十年的诗，才得到你这么一个谈论诗词的朋友，我的眼光不会错。”

姜夔眼睛红了，浪迹江湖这么久，得到如此之高的褒奖，他内心里有一个空荡荡的地方被装满了。

而萧德藻给予姜夔的，远不止于此。

萧德藻发现，姜夔不仅能写诗填词，还写得一手好字。更厉害的是，他在音乐上也有惊人的才华。这样优秀的人，若是被生活挫磨去了才华，太可惜了。

惜才爱才的萧德藻资助姜夔，给了他安稳的生活，更是为他做媒，将自己的侄女嫁给他为妻，还为他引荐了圈中好友。

有了经济来源，生活得到安稳，有了家庭、朋友，这些对于一个孤苦漂泊的姜夔来说，都是内心最渴望的。

苦尽甘来遇贵人，这一刻他感恩命运。

六

淳熙十四年（1187年），萧德藻前往湖州赴任，姜夔也随行来到湖州。此后十年光阴，他们与这座城市交织在一起。

在湖州，姜夔更是与湖州弁山的白石洞天结下了不解之缘。每当他漫步其中，仿佛能听到山石的呼唤，感受到洞天的灵韵，因此自号“白石道人”。

某个冬日，姜夔在杭州结识了杨万里。这位在诗坛上早已声名远扬的大师，与萧德藻交情深厚。

那一天，他们围坐在一起，诗词成为他们之间最美的语言。姜夔目光灼灼地表达着他对诗词的想法，热爱与执着。而杨万里则带着欣赏和好奇，通过诗词渐渐走入这个年轻人的内心世界。

杨万里注视着姜夔，眼眸中闪烁着对姜夔才华的欣赏和认可。还曾赋诗一首以表赞赏：“尤萧范陆四诗翁，此后谁当第一功。新拜南湖为上将，更差白石作先锋。”

被理解，被懂得，被赞赏，这是对一个文人的最高礼遇。

在杨万里的引荐下，姜夔又得以结交了范成大。

范成大在南宋可是个举足轻重的大人物，他担任过参知政事，相当于副宰相。他能在政界的纵横捭阖，亦可以在文坛的挥毫泼墨。在姜夔与他相识之时，范成大已然告病归隐，回到了石湖，享受着闲适的晚年生活。

热爱文学的范成大在翻阅到姜夔的诗词文章时，就被他的才华所吸引，他仿佛看到了文坛新一代的希望。

一个雪后的清晨，范成大邀请姜夔共赴石湖赏雪。那天的石湖格外宁静，银装素裹的大地映衬着清澈的湖水，宛如一幅水墨画卷。

范成大凝视着姜夔，笑着说要考考这个年轻的后生。他以眼前的雪景为题，向姜夔发起了一场即兴的文学挑战。

姜夔微微一笑，他并没有因为这场考验而显得慌乱。相反，他的眼神中闪烁着兴奋和自信。他凝视着那纷纷扬扬的雪花和枝头傲然绽放的梅花，心中涌起无限的灵感。他知道，范成大不仅欣赏雪景，更对梅花情有独钟，曾买园种梅，还撰写了脍炙人口的《梅谱》。

姜夔深吸一口气，挥笔而就。不一会儿，两首佳作《疏影》和《暗香》便应运而生。这两首词作不仅描绘了雪景的静美与梅花的傲骨，更融入了姜夔自己的情感与思考。

范成大聆听着姜夔的词作，被带入其中，他仿佛看到了那飘洒的雪花，闻到了那淡淡的梅香，感受到了那寒冷中的一丝温暖。

范成大感慨，姜夔不仅才华横溢，更有着魏晋名士般的风流气度。

这样一个年轻的书生，竟然能够让他这位前副宰相如此折服，一时成为传奇佳话。此后，范成大成为姜夔的忠实粉丝和支持者。他不仅向文坛上的朋友们大力推荐姜夔的作品，还时常邀请姜夔到家中做客。

七

岁月一如既往地静静流淌，但命运总会出其不意地掀起波澜。

四十二岁那年，姜夔的命运翻转，萧德藻因病告别官场，被侄子萧时父接回池阳。

临别时，姜夔的眼中满是不舍与惆怅，而萧德藻则轻轻拍了拍他的肩膀，无奈地摇了摇头。

“此一别，不知何时能再相见。”姜夔的声音有些颤抖。

“珍重。”萧德藻的语气中透露着无奈与不舍。

在这个风雨飘摇的南宋，失去了萧德藻的接济，姜夔的生活也陷入困境。他常常愁眉不展，坐在书桌前发呆。那些曾经被他视为珍宝的字画，如今却成了他谋生的唯一手段。每当有人前来购买字画时，他总会强颜欢笑地应承，但眼中的落寞却难以掩饰。

好在，姜夔运气不错，他又遇到了另一位知己——张鉴。

当他来到张鉴的府上时，已经是疲惫不堪。张鉴热情地接待了他，并为他安排住处。看着张鉴那真诚的眼神和关切的神情，姜夔的心中涌起了一股暖流。

有了张鉴的资助和鼓励，姜夔重新振作起来。他开始研究音乐并撰写了《大乐议》和《琴瑟考古图》献给朝廷，因此破格得到了参加礼部的考试的机会。

可结果，在礼部的考试中他仍是落榜，这一次的失败让他彻底崩溃。他失魂落魄地走出考场，天空仿佛也感应到了他的心情变得阴沉起来。

张鉴匆匆赶来一把扶住姜夔即将跌倒的身躯，焦急地说道：“这不过是小小挫折，你千万不要灰心丧气！”

姜夔抬头看着张鉴那关切的眼神，心中涌起一股暖流却又感到无比愧疚：“张兄，我……”他哽咽着说不出话。

张鉴在一旁安慰着，他不忍心自己的兄弟如此伤心，甚至提出“大不了我出钱给姜兄买个官当当。”

姜夔连连摇头推脱：“使不得，使不得！”

不能入仕虽有遗憾，但若是违背底线买了官职，那只会让他更痛苦。

罢了，这仕途，他不再执着了。

八

宋宁宗庆元二年（1196年）冬日，姜夔身居无锡张鉴的庄园之内。

庄园之中，蜡梅傲然绽放，其馥郁的芬芳弥漫在寒冷的空气中，似乎将整个庭院都染上了淡淡的香气。姜夔漫步其中，一股莫名的思绪涌上心头。

他的眼前仿佛浮现出两抹窈窕的倩影，那是他深深思念的合肥姐妹，也是他曾经爱慕的人。她们喜爱梅花，每当冬日来临，总会欣喜地赏梅、品梅。只是梅花依旧，而她们已不在身边，他常常只能在梦中寻觅那熟悉的身影。

然而，今夜梦中也无觅处，他只能独自徘徊在雪地中，任凭雪花打湿衣衫。

人间离别易多时，见梅枝，忽相思。几度小窗幽梦手同携。今夜梦中无觅处，漫徘徊，寒侵被，尚未知。

湿红恨墨浅封题。宝筝空，无雁飞。俊游巷陌，算空有，古木斜晖。旧约扁舟，心事已成非。歌罢淮南春草赋，又萋萋。飘零客，泪满衣。

——《江梅引·人间别离意多时》

那年初遇时，他风华正茂，遇到了那对明眸皓齿、歌喉婉转的合肥姐妹。她们的出现，迅速俘获了他的心。

年轻的他屡试不第，四处漂泊。他在合肥短暂停留，又转身离开，只是，那以后他就再也忘不掉这个地方，因为那里留存着他短暂又绚烂的感情。

淳熙十四年（1187年）的元旦之夜，姜夔从汉阳前往湖州途中路过金陵。在波涛汹涌的长江上他再次梦到了那对合肥姐妹，沉浸在美好的旧时光中。然而当他揉揉眼睛仔细看时发现一切都是幻觉，只有清冷皎洁的月光洒满大地、千山万壑都沉浸在寂静之中。感怀之中，他作了一首《踏莎行·自沔东来丁未元日至金陵江上感梦而作》。

淳熙十六年（1189年）春，正是江南草长莺飞的好时节。姜夔与挚友萧时父相约在城南一处湖上，携酒同游，以赏春光。

游船缓缓而行，两人正沉醉于湖光山色之间，忽地，姜夔的目光被船上一位女子牢牢吸引。那女子举止娴雅，气质非凡，尤其是她轻抬团扇迎接飞舞杨花的姿态，简直与昔日恋人如出一辙。

姜夔心中涌起一股莫名的情愫，他望着那女了，仿佛又看到了昔日与恋人相处的点点滴滴。那时的他，如杜牧一样曾在繁华如锦的扬州路上携手同游，寻欢作乐，尽情享受着生活的美好。

然而，岁月无情，一切成空，无可挽回。

双桨来时，有人似、旧曲桃根桃叶。歌扇轻约飞花，蛾眉正奇绝。春渐远，汀州自绿，更添几声啼鴂。十里扬州，三生杜牧，前事休说。

又还是、宫烛分烟，奈愁里、匆匆换时节。都把一襟芳思，与空阶榆荚。千万缕、藏鸦细柳，为玉尊、起舞回雪。想见西出阳关，故人初别。

——《琵琶仙·双桨来时》

后来，姜夔在湖州居住期间依然时常四处游历，遍历苏州、杭州、合肥、金陵、南昌等地。

绍熙元年（1190年）他再次客游合肥，寓居赤阑桥与范仲讷为邻。这次他见到了日思夜想的合肥姐妹，那段日子美好得如同梦境一般。他们携手踏雪寻梅、拨弦弄筝，荡舟赏灯、唱和诗词……

绍熙二年（1191年），姜夔告别合肥姐妹。临别时他赋词一首《浣溪沙》以表达心中的惆怅之情。

钗燕笼云晚不忺。拟将裙带系郎船。别离滋味又今年。

杨柳夜寒犹自舞。鸳鸯风急不成眠。些儿闲事莫萦牵。

——《浣溪沙·辛亥正月二十四日发合肥》

他以为分别之后总会相逢，然而这成为他们此生最后一次离别，从此天涯陌路，不再相见。

余生，只留一片记忆，让他伤心悲痛，又念念不忘。

九

在张鉴的陪伴下，姜夔度过了一段快意的时光。他觉得日子就这样一天一天过下去也挺好。

可好景不长，张鉴突然离世，姜夔再次陷入困境。

挚友的离世，让姜夔的世界又一次破碎。他站在张鉴的墓前，双眼空洞，仿佛失去了所有的色彩。泪水顺着他苍老的脸颊滑落，滴在冰冷的墓碑上，记忆的片段此起彼伏地在脑海里翻涌。

他回想起与张鉴共度的那些日子，那些欢声笑语，饮酒赋诗的时光仿佛还在昨日。然而现在，他只能独自一人面对这个冷酷的世界。

在张家附近那座略显陈旧的宅子里，姜夔孤独地坐在书桌前，手中的毛笔在宣纸上沙沙作响。他努力地挥洒着墨水，试图通过诗词书画挣取微薄的费用，支撑生活。

他十九岁那年初学书法，二十七岁时开始研习兰亭序，一路走来，他对书法的热爱从未改变。他的书法风格既有唐人的严谨法度，又透露出温润如玉的文士气度。

他从未想过，曾经让他痴迷的艺术，如今却成了他生活中最后的依傍。

或许一切都是命吧！

每当夜深人静时，他总会凝视着那盏摇曳的孤灯，心中涌起一股难以名状的悲凉。坚持下去吧，生活总会好起来，亮起来。

可他等来的光亮不是曙光，而是一场大火。

十

两年后，一场大火，姜夔的栖身的宅子付之一炬。

他站在废墟前，看着熊熊燃烧的火焰和弥漫的烟雾，眼中闪过一丝惊恐和绝望。他没有钱重建家园，只能眼睁睁地看着自己多年的心血化为灰烬。那一刻，他感到自己仿佛也随着这火焰一起燃烧殆尽。

“天意如此，我奈何？”姜夔仰天长叹，泪水再次模糊了视线。

或许，漂泊就是他的宿命，他已经过了许久安稳的生活，是时候听从命运的指引上路了。

于是，在这个本该安享晚年的年纪，他被迫背上行囊，开始了颠沛流离。

他行走在苍茫的山河之间，身影孤独而坚定。每到一个地方，他都会驻足欣赏那美丽的自然风光，将内心的情感融入诗词。他的诗词清新空灵、古朴雅致，带着一种超凡脱俗的美感。

在漂泊的日子里，姜夔遇到了许多志同道合的朋友。他们一起游山玩水，唱和诗词，吟风弄月。这些朋友给了他莫大的支持和鼓励，让他在困境中重新找回一些生活的滋味。

嘉定十四年（1121年）冬天的一个清晨，姜夔结束了漂泊之旅，静静地离开了这个世界。朋友们发现时，他安详地躺在床上，脸上带着一丝微笑，仿佛在睡梦中找到了最终的归宿。

朋友们悲痛地呼唤着他的名字，却再也无法唤醒这个沉睡的人。

他们凑钱将姜夔安葬在一片山水之间，那里没有世间烦愁。

在姜夔的葬礼上，朋友们默默地站着，眼中充满了哀思和怀念。他们知道，这片被山水滋养的野云，终于回到了属于他的天地之间，在那里他可以继续他的飞翔、他的创作、他的梦想。

<table>
<tr><th colspan="5">宋词江湖角色表——姜夔</th></tr>
<tr><td>姓名</td><td colspan="4">姜夔，字尧章，号白石道人</td></tr>
<tr><td>生卒年</td><td colspan="4">约1155—约1221年</td></tr>
<tr><td>江湖身份</td><td colspan="4">南宋文学家、音乐家，被誉为中国古代十大音乐家之一</td></tr>
<tr><td>江湖称号及成就</td><td colspan="4">在文学领域，姜夔的词作尤为卓越，被后人尊称为“词中之圣”。在清代早中期，浙西词派对姜夔的作品极为推崇，因此姜夔有了的“词圣”“词仙”“老仙”以及“鄱阳家法”等诸多美誉。姜夔的词作现存八十余首，主题多为记游、咏物以及抒写个人身世与离别相思之情，偶尔也透露出对时事的深沉感慨。他的作品情感真挚，格律严谨，语言优美，风格清幽冷峻。此外，姜夔在诗歌和书法方面也有着深厚的造诣。他的传世之作包括《白石道人诗集》《白石道人歌曲》《续书谱》《绛帖平》等</td></tr>
<tr><td>人物评价</td><td colspan="4">（南宋）张炎：“姜白石词如野云孤飞，去留无迹。”</td></tr>
<tr><td rowspan="2">知识链</td><td colspan="4">出自姜夔的成语</td></tr>
<tr><td>盲风怪云</td><td>如锥画沙</td><td>一波未平，一波又起</td><td></td></tr>
</table>

壹拾贰

一个清客的心事

佚名.仙山楼阁图

一

七月初，正是鲈鱼肥美的季节。

南宋吴城（今江西省九江市永修县境内）有一府第，宾客云集，觥筹交错间，席间有宾客时不时地说着祝寿的贺词。

从宾客的言语间可知，这正是宦官王虔州的生日宴会。

宴会中，有一男子身着一袭青衣，神态自若地穿梭在人群中。每当有人投来询问或赞赏的目光，他总会恰到好处地回应一个得体的微笑。然而，在这些微笑背后，他的内心如同平静的湖面下涌动的暗流。

他知道，大部分宾客只是被他的才名吸引，却未必真正懂得他词中的深意。

他转而收敛心思，与宾客应酬。因为，此时此刻作为一位专业的清客，他要做的就是让主人、宾客高兴。

宴会气氛渐浓时，男子被邀请上前为寿星敬酒。

他端起酒杯，脸上洋溢着真诚的笑容，恭敬地赞颂着寿星王虔州："您在宫中当差着实辛苦，如果有机会外出，就要自在快活，这美妙的山水，可都在等着您呢……"

一番说辞，说得王虔州笑容满面。

他见状又说："希望明年您的寿诞，我们还能在这里相聚欢宴，看红袖飘舞，谈笑风生，一醉方休。"

王虔州连连点头笑着说好。

紧接着，男子提笔书写，送上了一首贺词。

怀得银符，卷朝衣归袖，犹惹天香。星移太微几度，飞出西江。吴城驻马，趁鲈肥、腊蚁初尝。红雾底，金门候晓，争如小队春行。

何用倚楼看镜，算橘中深趣，日月偏长。江山待吟秀句，梅靥催妆。东风水暖，弄烟娇、语燕飞墙。来岁醉，鹊楼胜处，红围舞袖歌裳。

——《汉宫春·寿王虔州》

一首词，把宴会推向了高潮。宾客叫好，寿星乐得见牙不见眼。

不少宾客前来对他的祝寿词大加赞赏，说下次有机会邀请他作词。

他微笑着回应，心中却不禁泛起一丝苦涩："若不是为了生计，谁又愿意在这样的场合下迎合呢？"

宴会结束之际，他默默地站在一旁，看着宾客们陆续离去。他深吸一口气，整理了一下衣衫，转身离去。

这男子名为吴文英，是个布衣书生。

差一点，他就成了南宋王朝中的匆匆过客。好在，宋词的舞台上留下了他的足迹，留下了他的声音，也留存了他的心事。

二

吴文英是一个随遇而安的文人，在历史上的存在感很低，以至于在《宋史》中没有留下一丝踪迹。但通过其他历史文献上的寥寥几笔，在宋词的卷轴上，留下了他淡泊名利、安于幕僚生涯的写意身影。

吴文英原本姓翁，家中有翁元龙、翁逢龙两位兄弟。然而，因某种缘由，他被过继给了吴家，从此成了吴家人。

或许，从那一刻开始，他的命数就变了。

翁逢龙是宋宁宗嘉定十年的进士，他仕途顺遂，最终官至平江通判，享受着权力的荣耀。吴文英的命运则与之形成鲜明对比，他一生未参加科举考试，也未能踏入仕途。而是漂泊天涯，游幕四方，以词为生。

自古以来，多数才华出众者皆有入仕之心，但仕途并不是适合所有人的风光坦途，那些善谋的者能驾驭官场上的钩心斗角、尔虞我诈，可对于内心纯粹的人，庙堂之外的山川湖海或许是更好的归宿。

可这漂泊的生活，有文艺青年的诗意浪漫和潇洒，也有着是人看不见的无奈。

他入幕府作门客，在富贵之门游走，扮演着写字作诗、陪酒打牌的角色，还要察言观色，左右逢源。

数不清的华灯初上的夜晚，酒宴的喧嚣声便渐渐响起。他举杯与宾客们应酬，言语间尽显机智与幽默，总能引得在座之人哄堂大笑。每当酒宴进入高潮，应宾客们要求，他会写下妙趣横生的诗词，或是一段风趣的祝酒词，引来一片叫好与称赞。

他游刃有余时，往往内心更加艰涩。因为这是他为了生计不得不做的妥协和逢迎。

酒过三巡，宾客们醉意朦胧时，他便端起酒杯，与众人举杯共饮。

人活着总会尝到苦涩的滋味，混着酒，似乎生活的苦涩就变得不那么难以下咽了。

还好，人生百味，不只有无奈和苦涩，还有诗和远方。

三

嘉定十七年（1224年），吴文英像一缕缥缈的云，再次轻轻飘到了德清，做客赵令君府上，与赵令君叙旧。

府邸之内，两人相对而坐。赵令君亲手为吴文英斟上一杯清茶，茶香袅袅，似乎带着几分旧日的回忆。

重游故地，吴文英心中涌起一股莫名的亲切感，因为这里已经承载了他的美好记忆。

他记得，上一次来到德清也是一个桃红柳绿的春天。那一天，他与赵令君一同前往郊外荒亭，饮酒作乐，畅谈人生。他们静静地聆听着四周寂静的空山上传来的淅淅沥沥的夜雨声，真是美妙，仿佛一切就在昨日。

叙旧间，吴文英的目光不由自主地飘向窗外，投向那锦绣般的风光。窗外，一条清澈的河水缓缓流过，微风轻拂，河面泛起层层细波，仿佛龟背上的纹路。远处，天水相接的地方，一缕轻盈的野烟袅袅升起，为这幅美丽的画卷增添了几分诗意。河岸两旁，花草繁茂，色彩鲜艳……

这里的一切还是那样美好，甚至让他心中涌起一股归隐的冲动。他想，归隐者何必舍近求远，去五湖四海寻觅归隐之地呢？留在这片熟悉而美丽的土地上，就可以享受到归隐的快乐和宁静。他想象着自己成为河上无忧无虑的渔者，听着悠扬的樵歌，过着牧歌式的生活，那该是多么惬意。

此时已近晚春寒料峭之气偷偷袭来，他不禁打了个寒战。他轻轻依偎在窗前，垂下长衫的衣袖抵御着寒气的侵袭，目光却依然注视着窗外的美景陷入沉思之中。

于是他提笔落墨，填了一首词。

浪影龟纹皱。蘸平烟、青红半湿，枕溪窗牖。千尺晴霞慵卧水，万叠罗屏拥绣。漫几度、吴船回首。归雁五湖应不到，问苍茫、钓雪人知否。樵唱杳，度深秀。

重来趁得花时候。记留连、空山夜雨，短亭春酒。桃李新栽成蹊处，尽是行人去后。但东阁、官梅清瘦。欸乃一声山水绿，燕无言、风定垂帘昼。寒正悄，鞾吟袖。

——《贺新郎·为德清赵令君赋小垂虹》

这便是他生活中常见的一天，与朋友叙旧、赏景、填词，品人生滋味。

许许多多个日子，他就这样辗转在苏州的烟雨、杭州的湖光、越州的古韵之间，每至一处，皆以诗词题咏，寄托情感。

这份诗意不仅中和了漂泊的苦楚和人生的辛酸，更让他在内心深处找到了一种微妙的平衡。

四

绍定五年（1232年），吴文英进入平江府（今苏州）转运使署，成为提举常平仓司的门客。仓台衙门这个机构向来以冷清著称，公务很少，使得幕僚们拥有大量的闲暇时光。

早晨，阳光透过窗棂洒进屋内时，吴文英整理好衣衫，便会出门去寻访友人。他们相约在湖边的亭台。他们一边欣赏着湖景，一边叙说着往日的趣事，欢声笑语在湖面上回荡。他时而倾听，时而插话，脸上始终洋溢着温和而满足的笑容。

午后，他们漫步在古城的街巷之间，踏着青石板路，观览风光。每当他们来到一处古迹或风景名胜时，总是驻足观赏，这些时候，吴文英会细心地捕捉下灵感，注入自己诗词中。

傍晚时分，他们会结伴来到一家雅致的酒肆。吴文英举杯邀月，与友人共饮同乐。推杯换盏之间，他们畅谈诗词歌赋、人生哲理。

酒过三巡、微醺之际，吴文英常会取出纸笔，挥毫泼墨，为今日的欢聚留下纪念。

有时候，吴文英会与幕友人举行诗词相聚。他们在宽敞的书房或幽静的庭院中，围坐在一起，桌上铺着洁白的宣纸，砚台里研磨着黝黑的墨汁，笔架上挂着各式毛笔。

每次聚会，他们都会选定一个主题创作诗词。有时是春日的花开，有时是秋夜的月明，有时是沧桑的古城，有时是人生的迷茫……每个人都沉浸在自己的创作世界中，挥毫泼墨，将心中的感悟和理解化成的诗词。

吴文英常常能在这些主题中找到独特的切入点，他的笔触细腻而富有情感。当他描绘自然风景时，仿佛能听到风的轻吟、看到水的流动。当他探讨人生哲理时，又似乎能洞察人心的深邃、感受生命的脆弱。

他们会互相点评作品，共同探讨诗词的奥妙。他们的讨论声此起彼伏，有时争论激烈，有时点头称赞。

除了结社分题，吴文英还经常与友人们一起吟诗作对。他们或漫步在花园中，欣赏着盛开的花朵，嗅着清新的花香；或坐在湖边的亭台里，眺望着波光粼粼的湖面，感受着微风的轻拂。或登高望远，寻访古迹，聆听历史的低吟。在这些美好的场景中，他们的灵感如泉涌般迸发，完成精彩的创作。在这期间，他写下了《八声甘州·陪庾幕诸公游灵岩》等佳作。

渺空烟四远、是何年，青天坠长星？幻苍崖云树，名娃金屋，残霸宫城。箭径酸风射眼，腻水染花腥。时靸双鸳响，廊叶秋声。

宫里吴王沉醉，倩五湖倦客，独钓醒醒。问苍波无语，华发奈山青。水涵空、阑干高处，送乱鸦斜日落渔汀。连呼酒、上琴台去，秋与云平。

吴文英和几位幕友登上灵岩山，他站在灵岩山之巅，望着吴国的遗址出了神。山风呼啸，吹拂着他的长袍。他的眼眸深邃而沉重，他想起吴国夫差的沉溺声色，那曾经的辉煌与衰败如同一幅幅画卷在他眼前展开。他担忧南宋朝廷会重蹈覆辙，会陷入同样的深渊，无法自拔。

诗词成了他生命的出口，这世界喂养给他的千般滋味，他都变成诗词，还给了这个世界。

五

宋端平三年（1236年），平江府（今苏州）的灯市异常热闹，盛况空前。即便是吴文英寓居之处偏僻的街坊，也汇聚了众多社会名流。他们宴饮赋诗，欢声笑语交织成一幅生动的画卷。

那一日，微风轻拂，仿佛要定格这温暖的气息。吴文英正沉浸在作词的雅趣中，分到了“镜”字韵。忽然，外面传来了熟悉的卖花声，那吟叫迎春的曲调，如同去年一般悠扬动听。他闻声而出，兴致勃勃地买来一丛兰花，亲手栽种。随即，他又用银瓶从井中汲来清水，轻轻洗去兰叶上的污泥，细心地浇灌。

不久之后，那摆在小窗上的兰草便绽放出娇艳的花朵。朋友们纷纷前来他的居室欣赏兰花，品味佳酿。他们分韵填词，才情横溢，好不热闹。

然而，时光飞逝，转眼间外面已响起报晚的更鼓声。因为居室狭小，实在难以容纳众多宾客。尽管室内依然弥漫着兰花的香气，暖意融融，让朋友们流连忘返，但吴文英还是不得不硬起心肠下了逐客令。

当朋友们依依不舍地离去后，他面对着桌上的狼藉杯盘，心中不禁涌起一丝歉意和不安。紧接着，他叫来小女儿，轻声吩咐她将桌上的杯盘撤去。

在客人们离开后，吴文英乘着酒兴，整理好坐骑，信马由缰地穿街过巷去观赏灯市景致。他漫步在人群中，感受着节日的欢乐气氛。然而，当他经过一处熟悉的地方，不禁想起了旧日的情人，眼眶顿时湿润了。

丙申岁，吴灯市盛常年。余借宅幽坊，一时名胜遇合，置杯酒，接殷勤之欢，甚盛事也。分镜字韵。

暖风定。正卖花吟春，去年曾听。旋自洗幽兰，银瓶钓金井。斗窗香暖悭留客，街鼓还催暝。调雏莺、试遣深杯，唤将愁醒。

灯市又重整。待醉勒游缰，缓穿斜径。暗忆芳盟，绡帕泪犹凝。吴宫十里吹笙路，桃李都羞靓。绣帘人、怕惹飞梅翳镜。

——《探芳信·暖风定》

在人生辗转中，他找到了与世界相处的方式。

他在人群之中过着平凡而宁静的生活，品味着粗茶淡饭的简单滋味，与朋友欢声笑语度过美好相聚时光，还可以像个造物者一样，一笔一画地描绘着自己的江湖。

六

让吴文英在灯市里红了眼眶的人，是苏姬。

夏承焘在《吴梦窗系年》中，曾细述过吴文英的一段情史：“梦窗在苏州曾纳一妾，后遭遣去。在杭州亦纳一妾，后则亡殁。”

那年他在旖旎的苏州，邂逅了生命中的第一位红颜知己，她是苏姬，如春风般温柔。

那是一个春日的午后，阳光透过树梢洒落在小径上，吴文英正漫步其中，寻觅着那缥缈无踪的创作灵感。

突然，一阵银铃般的笑声打破了午后的宁静。他抬头望去，只见一位身着淡绿色衣裙的女子正站在花丛中，她轻轻拂去发间的花瓣，嘴角噙着一抹浅笑。

一刹那，仿佛整个世界都静止了，他们的目光在空中交会，缘分的种子生了根。

苏姬虽非倾国倾城之貌，但她清丽脱俗，笑容纯真，让吴文英沉醉。自那以后，他们开始有了交集。他们在沧浪亭边驻足；他们共赏湖光山色；他乘着乌篷船听着岸边的吴侬软语；他们品茶论诗，互诉衷肠……在西园的每一个角落，都填满了他们幸福的印记。

梦醒芙蓉。风檐近、浑疑佩玉丁东。翠微流水，都是惜别行踪。宋玉秋花相比瘦，赋情更苦似秋浓。小黄昏，绀云暮合，不见征鸿。

宜城当时放客，认燕泥旧迹，返照楼空。夜阑心事，灯外败壁哀蛩。江寒夜枫怨落，怕流作题情肠断红。行云远，料澹蛾人在，秋香月中。

——《新雁过妆楼·梦醒芙蓉》

然而，好景不长。不知是何原因，苏姬突然离开了吴文英，离开了那个曾经充满欢声笑语的家。多年的情爱，就这样如春梦一场，随风而逝。留下的只有空荡荡的西园和吴文英无尽的相思。

他常常一边怀念，一边惆怅。每当夜幕降临，他都会独自一人来西园，凝视着那些曾经留下美好回忆的角落。心中涌起无尽的哀伤和惆怅。

“新雁过妆楼，梦醒芙蓉。风檐近、浑疑佩玉丁东。”他的笔下流淌出对苏姬无尽的思念和哀伤，每一字每一句都如同锋利的刀刃，刀刀精准地割着他的心。

自与所爱之人别过后，青山绿水，仿佛都存有她的影子，他无处逃。

七

寓居杭州后，吴文英的生活渐渐恢复了平静。

某日，他骑马郊游，恰逢一位美貌歌女——杭姬。她的出现让吴文英的心再次泛起涟漪，他们一见钟情，仿佛是再续前世缘分。

与杭姬相处的日子里，吴文英感受到了前所未有的幸福与满足。他们一起漫步在春江之畔，共赏烟雨蒙蒙的美景；他们一起游历南屏山，探寻古刹的幽静与神秘；他们一起往来于西陵、六桥之间，品味着江南水乡的独特韵味。他们的足迹遍布杭州的名胜古迹，留下了无数美好的回忆。

可惜好时光，太匆匆，一转眼乌云就包裹了宿命。

待吴文英重访六桥，杭姬已经含恨离世，在最美好的年华里凋谢。

从此，这个世界又多了一个伤心的人。更准确地说，是一个伤透的人。

密约偷香□踏青，小车随马过南屏。回首东风销鬓影，重省。十年心事夜船灯。

离骨渐尘桥下水，到头难灭景中情。两岸落花残酒醒，烟冷。人家垂柳未清明。

——《定风波·密约偷香□踏青》

失去杭姬的吴文英痛不欲生，无法从失去爱人的痛苦中走出来。

情刀刮骨噬心，专伤深情之人。用情至深，又爱而不得，这刺穿生命的痛，浸透了诗词，每个字都可见他内心敏感的震颤，余生都恐难愈合。

那一滴滴伤心血泪，从黄昏流到天明，从南宋流入后世。

八

在深深的思念中，吴文英步入暮年。岁月在他的脸上刻下沟壑，也侵蚀了他的身体。

为了寻找些许内心的宁静，减少那无尽的伤感，他选择离开杭州，来到了越州。

在越州的幕府中，吴文英再次做起了清客。

淳祐九年（1249年）八月，吴潜出任浙东安抚使；十二月，吴潜同知枢密院事兼参知政事，吴文英成为吴潜的幕僚。

吴文英是一位布衣才子，终生未涉足官场，却在文化圈中享有盛名。他与众多达官显贵的交往，确实引起了人们的关注和议论。其中，他与参知政事吴潜、京湖制置大使贾似道的关系，更是成为众人瞩目的焦点。

吴潜是一位正直无私的官员，他的清廉和刚正为世人所敬仰。吴文英与吴潜的交往，被看作才子与良臣的惺惺相惜。他们的交往更多的是基于文化和人格的相互吸引。

然而，当吴文英与贾似道这样的阴险残暴的官员有交往时，人们开始质疑他的人格和立场。贾似道在历史上臭名昭著，他的权谋和残暴为世人所不齿。吴文英与他的交往，无疑让人们开始怀疑他品格不高尚，缺乏坚定的政治立场。

有人认为，吴文英是在贾似道没有权倾朝野的时候，写了几首酬唱赠答的诗词，并没巴结谄媚，为自己谋求利益，算不得原则性大问题。

也有人说，他曾在贾似道进入朝后写过一首词。当时，吴潜受到了贾似道的伤害，可吴文英在和贾似道友好互动。这样的行为，让一些人感到失望和愤怒。无异于在背刺对他有知遇之恩的吴潜。

各种声音，此起彼伏，曾掀起一阵喧嚣。可吴文英究竟是个怎样的人，已无人知晓，他留下的痕迹太少，真相难以追索。

或许他有苦衷，也发过声，却没被太多人听见。又或许，他无力平复争议索性就不解释。又或者这是清客必须面对的压力，他看淡了，毕竟谁都知道，每个职业都有自己的不容易。

但我相信，若是一个内心浑浊的人，定是写不出那么多干净的词句。

九

时光的小偷，偷走每个人的年华和精力。

晚年的吴文英深知自己再也无法像年轻时那样，陪伴着权贵们欢声笑语，创作出令人赞叹的词作。这么多年他辗转各处，风尘仆仆。如今他老了，累了，走不动了。于是，他断然告别了门客的生涯。

他选择在对爱人的深深怀念中，孤独地度过余生。

每天，他独自一人漫步在越州的街头巷尾，回忆着过去与爱人共度的欢乐时光。那些温馨的画面、甜蜜的笑容，如今只能在他的心中泛起层层涟漪，化作无尽的思念和愁绪。

那年除夕，当千家万户都沉浸在团圆的喜悦中时，他孤独地坐在冰冷的屋中，听着远处传来的爆竹声和欢笑声，心中却充满了无尽的寂寞和哀伤。

他提起笔，将满腔的愁绪与思念化作一首又一首感人至深的词作，字里行间充满了对恋人怀念和无尽的爱意。

翦红情，裁绿意，花信上钗股。残日东风，不放岁华去。有人添烛西窗，不眠侵晓，笑声转、新年莺语。

旧尊俎，玉纤曾擘黄柑，柔香系幽素。归梦湖边，还迷镜中路。可怜千点吴霜，寒销不尽，又相对、落梅如雨。

——《祝英台近·除夜立春》

曾经，他在喧嚣的人群中穿梭，左右逢源，言笑晏晏，那时候他不孤独吗？不见得。

如今，他卸下八面玲珑的面具，赤诚地面对这个世界，虽然孤独，但也真的自在。

后来他的身体每况愈下，疾病常折磨着他脆弱的身躯。但他还是坚持创作词作，因为那个完完全全属于自己的时间，他格外珍惜。

他曾经写了很多词为人颂歌，与人酬唱，为人祝福。如今，他要把所有浓厚的情感留给自己，写自己的孤独，写自己的惆怅，写往昔的美好，写一枝梅，写一缕风……他们都完完全全地属于自己。

他在凄凉的晚景中享受着最大的孤独和最大的自由，他很满足。

在某天夜里，蜡烛被风吹熄，他沉沉睡去，他梦见了旖旎江南，美人莞尔，他们相视，会心一笑。此后，他再未醒来。

他的一生虽然清贫、无名无分，没能在历史上留下清晰的印记，那或许，不重要了。他本就没做过什么经天纬地的大事，有什么值得说的。

他留下的《梦窗词》成为流传千古的文学瑰宝，后来的人，能够透过文字看到他内心的激荡，饱满的情感和缱绻的心事，这就足够了。

当这些词被更多的人看到时，他便不再孤独。

<table>
<tr><th colspan="5">宋词江湖角色表——吴文英</th></tr>
<tr><td>姓名</td><td colspan="4">吴文英，字君特，号梦窗，晚年又号觉翁</td></tr>
<tr><td>生卒年</td><td colspan="4">约1200—约1260年</td></tr>
<tr><td>江湖身份</td><td colspan="4">南宋词人</td></tr>
<tr><td>江湖称号及成就</td><td colspan="4">吴文英以词著名，知音律，能自度曲。其词作数量丰沃，风格雅致，著有《梦窗词集》，存词三百四十余首</td></tr>
<tr><td>人物评价</td><td colspan="4">（南宋）张炎：“吴梦窗词，如七宝楼台，眩人眼目，碎拆下来，不成片段”</td></tr>
<tr><td rowspan="2">知识链</td><td colspan="4">出自吴文英的成语</td></tr>
<tr><td>零圭断璧</td><td>瘗（yì）玉埋香</td><td></td><td></td></tr>
</table>

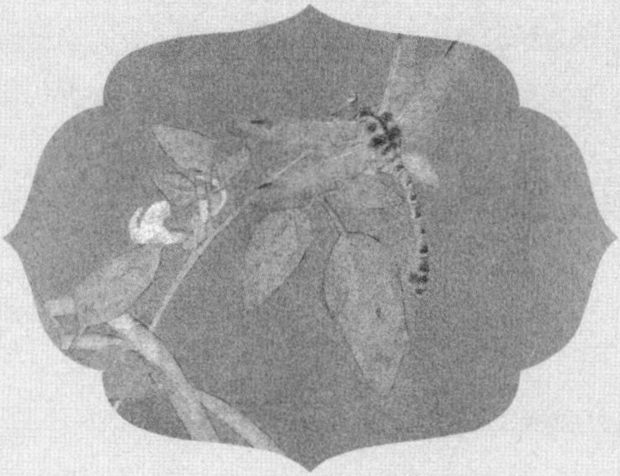

番外

它，虚弱又繁荣

宋.佚名.豆荚蜻蜓图绢本

五代十国时期，大唐盛世刚刚翻篇儿，天下乱成一团。

中原政权的大蛋糕，被切割得乱七八糟，有军队有势力的头头，都开始自立门户当皇帝。皇位一改往日血脉传承，变成了竞争上岗。

皇亲、将军、兵卒、混混、山贼、服务员……无论何等出身，只要有硬实力，都可能随时随地揭竿而起，搞个皇帝当当。

再混乱的时代总要迎来终章，他的终结者，叫赵匡胤。

一

后汉初年，二十多岁的军二代赵匡胤背起了行囊，准备出去找份工作。那时候的他，还很迷茫。兵荒马乱的年月，军人是刚需，但是在哪入职学问就大了。

原本投奔老爸的军友，先后投靠了几位叔叔，都没找到适合自己的岗位。

有一天，迷茫的赵匡胤在寺庙里遇见了一位老和尚。

老和尚见了这个气宇不凡的小伙子之后，给他指点了迷津，告诉他他的机遇在北方。

赵匡胤点了点头，直奔北方，并投入后汉大将郭威的麾下。

从此，命运的齿轮开始转动。

大将军郭威有勇有谋有运气，一路立下赫赫军功，后来又被拥立为皇帝，建立了后周。赵匡胤在郭威的手下，长了不少技能，学了不少谋略。

郭威去世后，养子柴荣接班，赵匡胤跟随着雄心勃勃柴荣南征北战，崭露头角，创下诸多军事传奇。

柴荣去世后，重演了当年郭威上位的剧情，赵匡胤半推半就地参加了一场热血的剧目，并成为主角，被“黄袍加身”。摇身一变，他成了皇帝，接管了上一任老板柴荣的家业。他立国为宋，并开始了征服之路。

赵匡胤比他的老板更有事业心，也更有能力。他先后消灭了荆湘、后蜀、南汉三地，又击败了势力强大的南唐。此后，吴越与福建漳、泉等地的地方势力纷纷“纳土”于宋王朝，终结了五代十国的纷乱。

一个伟大的王朝，由此诞生。

二

赵匡胤一顿操作猛如虎，成就霸业。但从战败者的角度来看，就是末日悲歌了。

在赵匡胤众多被征服的对象中，最值得一提的就是南唐。

南唐的政权在历史并没有什么可圈可点之处，但南唐的李煜在历史上灼灼闪耀。

赵匡胤带着手下将士欢呼庆功时，李煜正双眼含泪，委屈巴巴地喝着苦酒消愁。

五代十国时期，南唐在所有割据政权中最富裕，也最文弱。

别的国主在混乱纷争的时代武力值越来越强，南唐的国主反而文人气质越来越重。

南唐第二代国主李璟是李煜的父亲，他曾也是个又热血又雄心的人，曾经趁着中原大乱时出兵占据了淮南。但之后就被后蜀的柴荣给抢了去。李璟也彻底被打服，并开始投身文学领域，研究起诗词歌赋。

李煜作为李璟的第六子，按理说根本不会继承皇位，因为他的大哥李弘冀是长子也是太子。而且他的爹李璟还曾经立誓要把皇位传给自己的弟弟李景遂。

但谁能想到，正是因为这件事，耿耿于怀的李弘冀先下手干掉了自己的叔叔。失去了可爱弟弟的李璟愤怒地除去了李弘冀的太子之位。太子后来心态崩了，最终病逝。

李煜蒙了。

哥哥李弘冀一走，他就是剩下的皇子中最大的了，自然而然地也就成了太子。

自古别人为得皇权，用尽手段，他安安静静地“躺平”就得到了这泼天的富贵。后来他才发现，这份捡来的富贵有多么沉重。

李煜继承并发展了父亲李璟的文学才华，甚至文学天分占据了他生命的全部，没给政治留一点地方。他成为太子没多久，父亲就病逝了。于是，这位多愁善感的君主在皇位上开始了他唯唯诺诺的帝王生涯。

当皇帝可以享受国家顶级资源，喝最好的酒，看最美的歌舞，泡最喜欢的姑娘，写最棒的诗词，听最好听的“马屁”。

但是，有时候也得处理烦恼的政务，他们不得不面对那个日渐强大的宋朝。

李煜的外交策略很简单，奉行老父亲的策略，对大宋称臣纳贡，自己永远低头做小弟，大哥不满意，咱就多送礼，送厚礼，反正咱听话，咱有钱。

但大灰狼早晚要吃小肥羊，它可不管小肥羊听话不听话。

开宝七年（974年），大宋出兵南唐。开宝八年（975年），李煜兵败，奉出降表，被押送到汴京，在异国度过伤感的余生。

独特的境遇，刺激他敏感的内心，他的文学能量也达到了新的高峰。从残酷的政治中拧出的血与泪，浸润到文学中，开出了鲜艳的花。

赵氏兄弟用武力占据了南唐的疆土，但李煜的精魂浸润了两宋，渗进了弱宋的主基调。他们成了各自领域的王者。

三

作为宋王朝的创始人赵匡胤，虽是武将出身，但他的治国策略是崇文抑武。因为他经历过那个兵强叛将，将骄弑主的年代。崇文抑武可以最大的保护他的皇权。

于是，他导演了历史上著名的“杯酒释兵权”的桥段。曾经跟他一起南征北战打下江山的老伙计，一起喝了顿酒，一起唠了很多掏心窝子的话。

老伙计们酒醒后主动请示，解除自己的兵权。君臣上下一片和谐，却也只能和谐。

五代十国的纷乱造就了赵匡胤的霸业，也在他的心底留下了永远挥之不去的阴影，就是军权对皇权的威胁。当他还在军队为皇帝打工时，这对他没什么影响。但当他成为老板后，军权就成了他的命门。

除了兵权，赵匡胤还重新梳理制定了新的官僚体系，而他的核心思路仍然是分权制衡。具体的官僚制度改革在此不做过多赘述，但它所附带的结果就是，官僚机构庞大。体系复杂、官职众多。因为原本一个官职能解决的事，可能需要分成好几个人干，同时还需要有人监察。

所以，这两项操作都大力促成了读书人的崛起。抑制军权的最好的方法就是重用文官。而复杂的官僚体系产生大量的人才需求，大老板又重视读书人，所以人们读书的热情高涨，大量读书人涌入大宋政坛，优秀的文官扎堆儿地冒头，并在政坛上呼风唤雨。

在经历了动荡不安的五代十国后，北宋迎来了春天，而赵匡胤迎来永寂。

赵匡胤拼死拼活打江山，挖空心思削弱军权，加强中央集权，没想到却被自己的亲弟弟摆了一道。

“烛影斧声”悬案之后，赵匡胤薨逝，弟弟赵光义登上皇位。

赵匡胤若是泉下有知，想必要气得跳脚，唯一欣慰的是，好歹都是姓赵的，一脉血亲。

四

宋太宗赵光义走马上任，依照好哥哥的治国方针，管理大宋江山。而后赵家子子孙孙接力，守护整个赵宋江山。

当皇位的接力棒传到宋仁宗赵祯的手中时，这位仁德睿智的皇帝，将大宋的发展推向了高峰。政治、经济、文化、科技，各方面都称得上顶呱呱。

政治上，涌现了吕夷简、范仲淹、包拯、韩琦、文彦博、狄青等优秀的文臣武将；文学上，著名的唐宋八大家，这个时期就产生了六位。还有柳永、晏殊、梅尧臣这样的文坛大家一抓一大把。思想上诞生了张载、邵雍、周敦颐、程颐这样为后世理学、心学奠基的人物；科技上涌现出了毕昇、沈括这样的巨匠。

但盛世并不代表什么都好，也不代表什么问题都没有。问题日积月累，量变达到质变，总有一天会跑到台面上，宋神宗赵顼赶上了质变时刻。

宋神宗赵顼看见了大宋的裂痕，也明显感受到了衰微之势。于是，倔强的大宰相王安石走到了历史台前，展开了轰轰烈烈的“熙宁变法”。

变法这事涉及社会的方方面面，但究其根本就是重新分蛋糕的问题，也必然会触动很大一部分人的利益。

原本拥有大块蛋糕的人，怎么可能会心甘情愿地把自己的蛋糕拿出来让你重新分配。

所以，变法推行困难，不仅没能解决国家根本性问题，还带来了持续不断的政治风暴——党争。

支持变法的和反对变法的两个党派你一拳我一脚，想方设法让对方消停，不要搞事情。变法也是在反反复复中缓慢推行。但大宋的国运也在持续的内斗中不断消耗，越来越瘦弱。

五

当皇权落到宋徽宗赵佶手中时，迎来了新的转折。

宋徽宗在历史上有着很大的名气，因为他是一位出了名的艺术天才，在书画上有着极高的造诣。开国皇帝赵匡胤重文，他们赵家的子孙也的确越来越有文气，却也失去了赵家的骨气。

宋徽宗的皇位是从他的哥哥手里接下来的，但并不是重演“烛影斧声”的剧情，而是因为他的哥哥没有子嗣，捡漏当了皇帝。

宋徽宗在艺术上有很高的天分，在政治上却没什么眼光。他任用了奸相蔡京，本就颓败不堪的大宋，又被贪腐势力撕得破破烂烂。

靖康元年（1126年），宋徽宗禅位于二十六岁的太子赵桓，是为宋钦宗。而当时宋徽宗也不过四十四岁。但这显然不是老父亲为了支持年轻人干事业，而是宋徽宗遇见了大麻烦。

在上一年八月，完颜宗望、完颜宗翰以军接受叛将张觉为由攻宋，历数宋徽宗几大罪状，说宋徽宗昏庸无能，百姓民不聊生。给自己侵略战争，挂上“正义”的名头，将自己化身为正义使者，帮大宋子民解决困境。

宋徽宗压力山大，又不得人心，因为他在位这些年，的确纵容奸佞，把国家糟蹋够呛。而大宋江山到他手中的时候，本就已经虚弱不堪，经不起他这么折腾。

即使当不成优秀的皇帝，那也不能当亡国之君，那可是对不起祖宗的。于是，他的好大儿赵桓成了“背锅侠”。而这个“背锅侠”皇位还没坐热乎就被强行带走了。

靖康二年（1127年），金人攻下北宋首都东京，将之洗劫扫荡一空，带走徽、钦两位皇帝及赵家皇室。

当年三月，金太宗下诏废宋徽宗、宋钦宗二帝，将两位皇帝贬为庶人，脱去二帝的龙袍，史称“靖康之变”。

六

国难当头，有人遭殃，有人捡漏。

北宋夭折后，宋钦宗的弟弟赵构见机捡起了皇家大旗，带着大宋残余力量，仓皇南逃，后定都临安，建立了南宋。

乱世的皇帝不好当，外患不断，国力打折，一不留神，皇权不保。赵构和他的老父亲宋徽宗一脉相承，有着极高的艺术天分，过高的艺术能力洗掉了他们身上的血性。他这个皇位坐得如履薄冰。为了保全自己的江山，南宋向金低头称臣纳贡。

屈辱性的和平换来了几十年的休养生息，重现繁荣。

绍兴三十二年（1162年），宋高宗禅位养子赵昚，赵昚接管皇位，是为宋孝宗。

有意思的是，赵昚是赵匡胤的第七世孙，被赵光义拿走的大宋江山，又重回了赵匡胤这一脉。

在宋高宗禅位的头一年，金人南下和南宋干了一场。南宋虽是被迫迎战，但是有名将带军，且战力不俗，所以在与金人的对战中接连收复失地，一片大好势头。

宋高宗在金人抛出议和的橄榄枝后，在主和派的鼓动下，放弃乘胜追击的机会，解除了韩世忠、张俊、岳飞三名大将的兵权，甚至制造岳飞冤狱，使抗战派无力阻止议和，并最终选择割地、纳贡，低头签订了屈辱的“绍兴和议”。

或许正是这一战，让宋高宗耗了太多心神，让他感到忧惧，最终学起他的老父亲，禅位给太子，自己“躺平”安心享受生活。

而这里值得一提的是，宋高宗赵构唯一的亲儿子在三岁时就病逝了，养子赵昚正是属于赵匡胤那一脉。所以，皇权转了一大圈，又转回到了赵匡胤的子孙手中。

或许正因为保留了赵匡胤的血性，宋孝宗上位之后一心北伐，收复山河。

隆兴元年（1163年），北伐大军浩浩荡荡北征。

隆兴二年（1164年）年末，南宋与金签订了屈辱性的和约“隆兴和议”。

北伐失败，宋孝宗委屈巴巴地接受了现实，收起了“恢复”之心，开始闷头搞国内事业。在他的治理下，南宋的发展又推向了一个小高潮。

巅峰之后，南宋的发展曲线下行，开始呈现衰落之势。宋朝就像一辆破车，一朝又一朝人修修补补，却怎样也无法恢复当初的动力。

体弱多病的宋光宗即位几年后，始终没干出什么业绩，迫于压力就禅位给了宋宁宗赵扩。赵扩是个有理想、有干劲的人，他搞了两次北伐，但成果不佳，后来皇权旁落，南宋又进入了一个小滑坡。

一直到宋理宗即位多年后，重掌皇权，并和蒙古联手，灭了欺负大宋多年的金国。眼见大仇得报，形势大好，宋理宗乘胜追击，想要收复中原，没想到被蒙古军当头一棒，伏击宋军，打碎了宋理宗收复中原的理想。

宋理宗从此一蹶不振，荒了朝政，政坛杂草疯长，奸臣横行霸道，大宋国势呈指数下滑。

后面几位即位的皇帝，守着烂摊子，艰难度日。

北方没了金朝，但并不等于没了威胁，更庞大的元帝国对中原虎视眈眈，并逐步对南宋开展攻势。

当四岁的宋恭帝赵显懵懵懂懂坐上皇位时，南宋王朝已经彻底瘫痪。在两年后的景炎元年（1276年），临安城举行了受降仪式。刚到学龄的小皇帝还不懂大人的世界，就背上了大宋亡国的大锅。

但严格意义上来讲，在宋恭帝之后，南宋还有最后一口气。

在南宋投降前，宋恭帝的弟弟赵昰在福州即位，是为宋瑞宗。这个操作和当年宋高宗赵构如出一辙，但不同的是，当年赵构拥有偌大的南宋可以延续大宋国祚，而宋恭帝的手中只剩一个苟延残喘的流亡朝廷，见机行事，流动办公。

两年后，宋瑞宗去世，宋末帝赵昺即位。又是一年，南宋剩余势力逐渐被元朝吞没，福州、雷州相继失守。

流亡朝政最终在崖山与元军迎来了决战。

战事可想而知，宋军节节败退，失败，已经是注定。

左丞相陆秀夫做出了自己的选择。他换上朝服礼拜帝昺，哭着说："陛下，国事一败涂地，陛下理应为国殉身。德祐皇帝当年被掳北上，已经使国家遭受了极大的耻辱，陛下万万不能再重蹈覆辙了。"

帝昺被吓得哇哇大哭，这个年纪，别人家的孩子还在招猫逗狗玩泥巴，他却被置于政治的漩涡，又偏偏站在了一朝的终点。

陆秀夫说完，将黄金国玺系在腰间，背起赵昺奋身跃入大海。

事情只发生在顷刻之间，众人还没来得及反应，君臣二人已经彻底沉没。大船上的大臣、宫眷、将士听到这个噩耗后一片哀鸿，大宋走到陌路，他们也没了活路，最终一个接着一个地投身大海。

一切因果，早已注定。

宋朝积贫积弱的特征，宋朝的兴衰曲线，从宋朝开国之时就已经注定。当初沿着时间埋下了一根引线，在历代形形色色的统治者和掌权者的助燃下，爆开一个个结果，最终坍塌。

至此，南宋的历史，书写尽了最后的篇章。

参考文献

宋.马远（传）.山水图绢本

一、古代典籍

[元]脱脱，等．宋史[M]．北京：中华书局，1977.

[宋]司马光．资治通鉴[M]．北京：中华书局，2019.

[宋]袁枢．通鉴纪事本末[M]．北京：中华书局，2018.

[汉]司马迁．史记[M]．北京：中华书局，2011.

[宋]赵明诚撰．金文明校证．金石录校证[M]．北京：中华书局，2011.

[明]陈邦瞻．宋史纪事本末.[M]．北京：中华书局，2015.

二、现代论著

中华书局编辑部．二十四史[M]．北京：中华书局，2017.

吕思勉．中国通史[M]．北京：民主与建设出版社，2015.

石继航．宋朝的腔调[M]．广州：广东人民出版社，2017.

罗亚飞．拿得起放不下的大宋史[M]．北京：北方文艺出版社，2021.

唐苗．醉乡广大人间小——秦观传[M]．北京：长江文艺出版社，2020.

梦斜阳．词解姜夔[M]．北京：中央广播电视大学出版社，2012.

滕毅．李煜：南唐家国四十年[M]．北京：华文出版社，2023.

李文解注．小山词[M]．北京：民主与建设出版社，2020.